江戸のことば

戯曲と江戸の言葉

一

私は屢々こういう質問を受ける。

「戯曲に用いる江戸時代の言葉は、どう書いたら好いでしょうか。」

その場合に、私はいつもこうあっさりと答えて置く。

「あまり末梢的に亘る穿索は、このごろ流行しないようであるから、まあ大抵は現代語で書くことにして、参考のために南北か黙阿弥の脚本でも読んだら好いでしょう。」

それで切抜けられる場合は好いが、もう一歩踏み込んで詮議された場合には、私もなんとか具体的の回答を与えなければならない事になる。併しそれはなかなかむずかしい。どこの国でもそうであるが、地方の言葉というものは一種自然の習慣から成立っている場合が多いので、必ずしも一定の文法や理窟に当て嵌めるわけには行かない。

それに就いて、こんな話がある。上方のある俳優が江戸へ出て来たときに上方弁を使って江戸の観客に笑われてならぬと云う用心から、大いに江戸弁を研究した。そこで、上方で「何々じゃ」と云うところを、江戸では「何々だ」という。誰に訊いてみても、確にそうであるというので、その俳優は舞台に出て、「そうじゃあねえ」というべき台詞を、ここぞと思って「そうだあねえ」と云うと、観客はみな笑い出した。

こうして、その俳優は意外の失敗を演じたのであるが、実を云えば、その俳優の考え方は決して間違ってはいないのである。上方で「そうじゃ」と云うところを、江戸では「そうだ」という以上、「そうだあねえ」と云うべき筈であるが、実際はやはり「そうじゃあねえ」という。それには何の文法もなく、理窟もなく、単に多年の習慣に過ぎないのである。そういうわけであるから、江戸の言葉はこうであると云って、一定の文法を説くわけには行かない。所詮は一句一句について、これはこう、あれは何《と》うと、一々に説明してかからなければならないのであるが、そんな面倒なことは到底出来そうもない。

併し戯曲のように、その全部が対話で成立っているものになると、言葉の選択や洗練が大切であるから、江戸子が無暗《むやみ》に「そうだあねえ」を振廻されては困る。それでは舞台の上の気分もめちゃめちゃになって仕舞う虞《おそ》れがある。たとい純写実の江戸弁でなくとも、まあ江戸らしいぐらいの所、即ちイリュージョンを破らない程度の所までは漕ぎ付けて置かなければならない。たとい隅田川や大川でなくとも、せめては利根川か市川ぐらいまでは漕ぎ付けて置かなければならない。なんにしても「そうだあねえ」では困る。

この雑誌（「舞台」）の読者諸君は已《すで》にお読みになったことと思うが、昨年（一九三一年）五月号の誌上に正岡蓉君が大阪の芝居の話をかいている。そのなかにこう云うことがある。大阪の劇界のある先輩が正岡君にむかって「小笠原騒動」の狂言で延若が岡田良助を勤めている。その狂言のうちに「なんぼう岡田良助でも」という台詞がある。その「なんぼう」が大切で、それが大阪の芝居の持っている味や匂いである。「いくら岡田良助でも」と言ってしまっては、大阪の芝居にならないと教えたそうであるが、いかにも面白い言葉であると思う。「なんぼう岡田良助でも」と云えばこそ、大阪の味が出るので、「いくら岡田良助でも」とか「いかに岡田良助でも」とか云っては、大阪の芝居にならない。

それと反対に、江戸の世界を取扱った場合に「なんぼう河竹黙阿弥でも」などと云ったら、江戸の味も匂いも出ないであろう。今更ではないが、言葉の大切ということが明かに判る。

そうは云うものの今ここで江戸の言葉について一句一句に説明することは、前にも述べたような次第で、到底出来ない相談である。実は私自身とても完全には知らない。そこで、今はその大体論にとどめることにして、江戸時代の各階級の人々は、一体どんな言葉を使用したかと云うことだけを簡短に説明して、なにかの参考に供したいと思う。

江戸の人間は士、商、工の三種で、農は近在にこそ住んでいるが、市中に住んでいないこと勿論である。その武士と商人と職人、まだそのほかに、神官、僧侶、医者もある。更に詳しく云えばそのほかに儒者もある。書家もある、画家もあるが、それらの少数は別として、先ず武士と商人と職人とが江戸市中に雑居していたと思えばよい。

ここに記憶すべきことは、江戸も山の手、下町、場末と別れていて、同じ江戸の人間でも、山の手に住む者と下町に住む者とは言葉の調子が少しく違っている。したがって江戸時代には、その人の言葉を聞けば山の手か下町かが大抵わかったそうである。そんなわけであるから、一口に江戸の言葉と云っても、厳密に研究すればいよいよむずかしいことになるが、今ここで云うのは大体論であるから、その積りで聴いて貰いたい。

もう一つ注意して置きたいのは、今日一般の人々は何によって江戸の言葉の予備知識を得ているかと云うことである。私の想像するところでは、大抵の人は寄席の落語などからその予備知識を得ているのが多いかのように思われるが、それは少し困る。勿論、落語家が高座で話すことが全然間違っているとは云わないが、彼等の口から出る言葉には非常な誇張がある。

元来、落語の目的は聴衆を笑わせるにあるから、嘘でも本当でもかまわない努めてそれを誇張して面白く可笑《おか》しく話せばよいとしている。したがって彼等の口に上る熊さん八さんの如き職人のたぐいは実際この世に存在していなかったとも云い得るのである。多少はそれに似寄りの人物が存在したのは事実であるが、落語家が極力それを誇張して高座の上で紹介した結果、江戸の職人といえば直ちに熊さん八さんを聯想するようになって仕舞った。落語家に比べると、講談師の方がやや正しいが、これにも相当の誇張がある。そういうわけであるから、落語を聴き、講談筆記などをよむ場合には、それを単なる参考にとどめて置いて、それを全部鵜呑みにすることは止めて貰わなければならない。繰返して云うが、落語家が紹介するような江戸子は、おそらく此世《このよ》に実在していなかったと思われる。

落語などの大部分は江戸時代に作られたもので、その聴衆もその時代の人間であったから、落語家がいかに誇張して話しても、どこまでが本当であるか嘘であるかと云うことを聴衆は承知の上で笑っていたのであるが、時代の隔たった今日になると嘘と本当との境が判らなくなって、自然その嘘に釣込まれるようなことにもなる。その点はよほど警戒しなければならない。

二

更に又、注意して置きたいのは、江戸にかぎらず、すべての都会人は皆そうであるが、多年訓練の結果として、言葉の使い分けを自然に心得ていることである。

即ち一面には非常にぞんざいな、乱暴なインポライトな言葉使いをすると共に、他の一面には非常に叮嚀な、礼儀正しい言葉使いをすることに馴らされている。乱暴な言葉と、礼儀正しい言葉と、こんなにも違った言葉がどうして同一人の口から出るかと怪まれる程に、あざやかに使い分けられるのである。熊さんでも八さんでも、鼠小僧でも稲葉小僧でも、権三と助十でも、いざとなれば、今日の紳士以上の立派な応対をなし得る準備を有していることを記憶しなければならない。

私は曾て『権三と助十』の戯曲をかいた。彼等は盛んに「べらんめえ」式の雑言を連発しているが、それは彼等の自宅の裏長屋にいる場合だからであって、若しも町奉行所の白洲の場を書いたとしたらば、私は決して彼等の口からあんな乱暴な言葉を吐かせないであろう。彼等は大岡越前守に対して「仰せの通りでございます。委細こころ得て居ります。わたくし共は何事も存じて居りません。」という風に、行儀正しく答えさせるに相違ない。熊さんや八さんは如何なる場合にも「べらんめえ」であると思ってはならない。

取分けて、いわゆる悪党と称せられるような人間は礼儀正しいものである。行儀の悪い奴は安っぽい悪党、木ッ葉野郎として軽蔑されるのである。奉行所に於て悪党を取調べる際に、被告が行儀正しく、物の云い方も正しいと、こいつはなかなか手剛《てごわ》い奴だと認めて、吟味の役人等も用心してかかる。被告の行儀が悪く、物云いも我殺《がさつ》であると、こいつは安っぽい野郎だ、少し嚇《おど》かせば脆く白状するに相違ないと、役人等も多寡を括ってかかる。行儀の好い咎人《とがにん》には油断するなと、古参の役人は新参に教えたということである。こう云うわけであるから悪党だからと云って、時を嫌わず、場所を嫌わずに、「そうじゃあねえ」などを無暗に振廻してはいけない。前の権三と助十と同様相手次第で「左様でござります、承知仕りました。」と、極めて叮嚀な物云いをするものと心得ていなければならない。悪党が已にこの通りであるから、況《いわ》んや他の善人に於てをやである。

それから武士の言葉であるが、これは鳥渡《ちょっと》むずかしい。何分にもその階級が多いからである。一口に武士と云っても、そのあいだには種々の階級がある。大別すれば、江戸の武士、徳川家直参の家来は、旗本と御家人の二種に分れていて、御目見得以上、即ち将軍の前へ出られる資格のあるものを旗本といい、御目見得以下、即ち御目見得のかなわない者を御家人というのであるから、旗本の方が上格であること勿論である。徳川時代の制度として、一万石以上を大名というのであるから、一万石以下、即ち九千九百九十九石から、だんだんに下って、百石に至るまでを旗本格とする。したがって、同じ旗本でもその勤め向きは勿論、その生活様式も全然相違して、少くも三種に分れている。第一は百石乃至二百石の貧乏旗本から五百石まで、第二は五百石から千石まで、第三は千石から九千何百石までと云うことになるのであるが、第三種に属するものは甚だ少い、第二種も左《さ》のみ多くない。大抵の旗本はみな第一種に属するのである。

かくの如く、旗本も三種に分れているから、その生活も違えばその言葉使いも同様でない。第三種の千石以上となれば、立派な殿様である。第二種の五百石以上も先ず殿様である。第一種は名こそ殿様であるが、どうも殿様らしくないのが多く、甚しいのになると自分の屋敷で賭場を開くなどと云うのもある。これで大抵その言葉使いも想像されると思う。

御家人は旗本よりも更にその種類が多く、家柄によって百石以上の家も無いではないが、それは甚だ少数で、先ず百石以下と見ればよいのであるから五十石六十石は好い方で、更に下って、二十俵三十俵というような小身者もある。その勤め向きもその生活様式も多種多様で、幾種に区別してよいか判らない位である。それに準じて言葉使いもまちまちで、武士だか町人だか殆ど区別の付かないようなのもある。

そうは云うものの、多年の習慣で武士には武士の言葉がある。町人には町人の言葉がある。商人と職人は町人の部であるが、その職人と武士とが一番ぞんざいな言葉を使う。諸民の上に在るべき武士が職人同様の言葉を使うというのは、何だかおかしいようであるが、実際江戸の武士はぞんざいな物云いをする。「なんだ、べらぼうめ、この野郎。ぐずぐずしていると、引ぱたくぞ。」

こう云うと、まるで裏店の職人の言葉のようにも聞えるが、これが江戸の武士の日常普通の言葉である。御家人なぞの軽輩ばかりではない、かりにも殿様と呼ばれるような旗本格の武士もやはりその通りである。私は若い時に新聞記者であったので、社用で勝海舟伯を氷川の邸に訪問したこともある。榎本武揚子に逢ったこともある。一方は江戸城明渡しの勝安房守、一方は函館戦争の榎本和泉守、いずれも金看板の江戸の武士であるが、どの人も「なんだべらぼうめ」である。殊に勝海舟などと来たら私たちに対して「あなた」とも「君」とも云わない。総て「お前」である。それも話がはずんで来ると「おめえ」になって、「おめえなんぞのような若けえ奴に、江戸のことが判って堪るものかよ。」などと云う。これでその平生を察すべしである。

併し、その武士がいざと云うときには、忽ちに「なんだべらぼうめ」を取払って、「仰せの通り、左様でござる」に早変りをする。前にも云ったことであるが、武士でも商人でも職人でも、このあざやかな早変りを心得て置かなければならない。「べらぼうめ」に偏してもいけない。「左様でござる」に偏してもいけない。非常にぞんざいな時もあり、非常に礼儀正しい時もあり、その場合によって変化自在と思わなければいけない。

武士と職人に比較すると、商人が最も叮嚀である。落語などを聴いていても、商人の言葉が一番写実に近いようである。殊に中流以上の商人の言葉などは頗る叮嚀であったらしく、「身分の好い商人などと話をしていると、こっちが恥しい位であった。」と、私の父が曾て語ったことがある。

勿論、武士にも種類がある、商人にも種類がある、職人にも種類がある。千差万別、一々穿索したらば際限のないことであるが、先ず大体はこんなものであると思えば好い。

孝子貞女

明治の初年、外国の事情がよく判らない時代に、誰が云い出したのか知らないが、外国には孝行という言葉はないとか、貞節という言葉はないとか——実は立派に有るのであるが——云うようなことが誤り伝えられたのが始まりで、今日でもそう考えている人が少くないようである。

正直に白状すれば、私もその思い違いの仲間で、たとい孝行とか貞節とかいう言葉があるにしても、個人主義の発達した欧米諸国では、親子夫婦の人情がおのずから我国とは相違しているらしいと考えていたのであるが、ひとたび外国の地を踏んで、その実際を目撃すると、案に相違の事どもが屢々ある。

たとえば倫敦《ロンドン》とか巴里《パリ》とかいうような大都市の公園や川端を、朝夕又は日曜日に散歩している際に、老いたる父母あるいは祖父母、あるいは病める夫と見える人々を、妻や娘や息子たちが或は手をひき、或は車に載せて、介抱しながら散歩しているのを屢々見受けるのである。日本でもそう云うのを見受けないではないが、外国のように は多くないように思われる。しかも外国の事情に精通しない私には、それが本当の妻 や娘であるか、あるいは一種のナアズのような雇い人であるか、その判別が附かなか ったのであるが、ある日偶然にそれを確めることが出来た。

五月下旬の日曜日である。私は倫敦のテームズ河のほとりを散歩していると、長い 草堤には前に云ったような人々が幾組も出ている。その中でも私の注意を惹いたのは、 青年男女の一組であった。彼等が兄妹で、相当の家庭の子女であるらしいことは、そ の顔容と服装とを見て直ぐに覚られた。兄は二十一、二、妹は十八、九で、大きい乳母 車のようなものに載せているのは老衰の婦人であった。

彼等は川柳の木かげに車を停めて、携えて来たバスケットをあけた。兄は林檎を取 り出して、ナイフで皮を剝いて、更にそれを細かく切って、車の上の婦人にあたえる と、妹は大きい壜とコップを取出して、なにかの飲み物を婦人にすすめる。彼等がい かに優しく老婦人を劬わっているかは、その態度を見ても明かに察せられた。

私はしばらく黙って眺めていたが、なんだかこの兄妹に話し掛けてみたいような気 がしたので、余計な邪魔をするのは悪いと思いながら、兄らしい青年に声をかけて、訊く必要もない道を訊くと、かれらも私が日本人であることを知って、幾分の好奇心も手伝ったのであろう、案外に打解けて話し出した。

それからだんだん訊いてみると、彼等は倫敦市中に住む弁護士の子で、車に載せて来たのは八十一歳の祖母である。家には父と母と一人の女中があるが、母と女中は家事に忙がしいので、自分たちが祖母を連れて出たのであるという。兄も妹も学校に通っているので、日曜日でなければ祖母を連れて出ることが出来ないと、彼等は更に説明した。

兄も妹も今が遊び盛りである。一週に一度の日曜日、彼等は定めて勝手に飛び廻りたいのであろうが、揃いも揃ってお祖母さんのお供をして、歩行の自由でない老婦人を車に載せて、兄は車を押し、妹はバスケットをさげて、このテームズ河畔に初夏の一日を暮らすのである。

私たちから十間あまりも離れた所に、他の一組が車をとどめていた。車を押して来たのは三十を少し越えたらしい婦人であった。兄の青年はそれを指さして私に教えてくれた。車上の男は彼の婦人の夫で、市内のある商店の番頭を勤めていたが、重いリウマチスのために店を退いて療養中で、天気のよい日には細君が車を押してここらへ散歩に来るのであるという。病める夫を車に載せて来るのは、躄勝五郎《いざり》の初花ばかりでは無いのである。

見渡したところ、まだ他にも同じようなのが幾組も見えた。一々に訊いてみるまでも無く、いずれも大同小異の人々であろう。時は初夏、堤の上を散歩している人もある。堤の下に釣を垂れている人もある。河の中にボートを漕ぎ廻っている人もある。思い思いの遊楽を擅《ほしい》ままにしている中に、老いたる祖母の介抱をしている人もある。病める夫の看護をしている人もある。孝行と貞節を東洋の独占のように思い込んでいるのは大いなる間違いではないかと、私はつくづく考えた。

恰《あたか》もそこへ花売の車が来たので、わたしはその一束を買って車上の老婦人にささげた。老婦人にささげると云うよりは、寧ろこの若い兄妹を喜ばせたいような心持が多かったのである。果して兄妹は喜んだ。その感謝の声を聞きながら、私は孝行の孫たちに別れた。

劇の名称

演劇を我国では一般に「芝居」という。しかも江戸時代に「シバイ」という人は少い。知識階級の人は格別、一般の江戸人はみな訛って「シバヤ」と云っていた。その習慣が東京にまで伝わって、明治の初期から中期の頃までは、矢はりシバヤという人が残っていた。殊に下町の婦人などにはそれが多かった。

私が二十歳の時、ある宴会の席上で一人の年増芸妓に逢った。その芸妓は私の膳の前に坐って、芝居の話などをしていたが、そのうちに彼女は私の顔を眺めながら突然にこんなことを訊いた。

「あなた、お国はどちら?」

「東京。」

「そうでしょう。そんならなぜさっきからシバイなんて変なことを云うの。あれはシバヤと云うんですよ。」

叱られて、私は恐縮した。実際、明治二十四、五年の頃までは、花明柳暗の巷でシバイなどというと、お国はどちらと訊かれるくらいであった。それがいつか消滅して、今日では一般にシバイと正しく云うようになった。今日の芸妓に向ってシバヤなどと云ったら、あべこべにお国はどちらと訊かれるであろう。思えば、今昔の感に堪えない。

そこで「芝居」という名称であるが、これは誰も知っている通り、昔の興行物は演技の場所だけに舞台が作られていて、一般の観客は芝原に坐って見物していたからである。したがって、芝の上に居て見物する以上、すべての興行物はみな「芝居」と呼ばれたのであるが、そのうちで演劇のみが最も発達し、最も隆盛に赴いた為に、芝居という名称は演劇に独占されることになって仕舞ったのである。しかも芝居という言葉は興行物ばかりでなく、戦場にも用いられたらしい。たとえば敵の攻撃に対して、ある陣地を維持するという場合に、「芝居を踏み堪える」とか、或は「芝生を堪える」とかいう。この場合の芝居とか芝生とかいうのは、芝の生えている所、即ち陣地の野原というような意味であろう。そんなわけで「芝居」という言葉も昔は色々の場合に用いられていたのであるが、それが演劇に限られてしまったのは、いわゆる「判官は義経に奪われ、黄門は光圀に奪わる」の類であるかも知れない。

そこで、今度は戯曲のことであるが、支那の戯曲史については「舞台」第二年二月号から殆ど一年間に亘って、長野吉高氏が極めて詳細有益なる記録を残されているので、今ここに繰返す必要を認めないが、要するに、唐に伝奇あり、宋に戯曲あり、金に院本、雑劇ありという順序で、それが元代に至って大いに進歩して、今日に至ったのである。

我国では演劇の台本を称して、昔は「台本《だいほん》」又は「根本《ねほん》」と呼んでいた。上方では専ら「根本」と称していたらしい。それが転じて「正本《しょうほん》」と呼ぶようになった。江戸末期から明治初年、即ち瀬川如皐や河竹黙阿弥の時代には一般に「正本」と呼ばれていたのである。それが明治二十年前後、演劇改良の声が盛んになって、彼の演劇改良会なるものが朝野知名の政治家、実業家、学者等によって発起されることになった頃から、在来の「正本」という名称はなんだか古めかしく感じられるというので、誰が決めたのか知らないが、「正本」の名は「脚本」と改められた。これは支那で「戯脚」と呼ぶのを模したのである。そうして、竹本の浄瑠璃本を「院本」と呼ぶようになった。

それで先ず二十年間ほども継続して来たのであるが、明治の末期頃から「脚本」は更に「戯曲」という名称を生んだ。爾来、或は脚本といい、或は戯曲といい、両者並び称されて現在に至っている。厳密にいえば「曲」という以上、それが歌うべきもののように思われるが、一般に「戯曲」という言葉が行われているので、私なども敢て異を唱えず、先ずは世間並に「戯曲」と称しているが、支那では普通に「戯劇」又は演技と称しているらしい。勿論、古い物は戯曲といい、上海からは「戯曲大全」などという書物も出版されている。

戯曲を脚色することを昔は「仕組む」と云っていた。芝居の口上看板にも「新狂言取仕組み御覧に入れ申候」などとある。それが「脚色」という言葉に変じたのも、やはり明治二十年前後のことで、彼《か》の脚本や院本などと同時代の生まれである。元来「脚色」とは履歴書を作るということであって支那ではその昔、初めて官途に就く者は履歴書を呈出する。即ち何処《どこ》の出生で、何処で学んだとか、今までに賞罰を受けた事があるか無いかと云うようなことを明細に書き出すのであって、それを「脚色」と称したのである。

勿論、最初はその「脚色」を正直に書き出したのであろうが、後には横着な人間もあらわれて来て、自分の履歴を都合好くこしらえて書き出す者がある。そこで、あいつは巧く脚色したとか、おれも少しは脚色しなければならないとか云うようになって「脚色」とは「物を作り拵《こしら》える」という意味に転用されるようになった。したがって伝奇や戯曲のたぐいは、当然「脚色」されることになったのである。支那でも後世に至っては、履歴書は矢はり「履歴」といい、それを「脚色」とは云わなくなった。そうして、「脚色」の名は伝奇や戯曲の上にのみ伝えられ、前にもいう通り「戯脚」などという名称も生まれたのである。こう考えると脚色の語源はあまり善い意味では無いらしいが、今さら致方《いたしかた》もないのである。支那の「脚色」については猶いうべきこともあるが、先ずこのくらいに留めて置く。

序《ついで》にいうが、近来の人が往々使い誤っているのは「科白」の文字である。云うまでもないが、「科」は動作を云い、「白」は言語をいうのである。更にいえば、「科」はシグサで、「白」はセリフであるから、シグサのみの場合に科白といい、セリフのみの場合に科白というのは、みな誤っている。シグサのみの場合は単に科といい、セリフのみの場合は単に白と云わなければならない。今日一般に用いられている「科白劇」というのは何等の音楽を仮用しない劇を指すのであって、我が芝居道では「素の芝居」

と呼んでいたものである。

言葉は正しく

（「舞台」）四月号の本欄に犬塚氏が「まとさ」に就て書いていられたが、私も同感である。

「ま、お待ちなさい」「さ、お出でなさい」のたぐいは東京の言葉で無い。東京では「まあ」「さあ」というのが本当である。これと同じような言葉で「も一度」「も一つ」などと云うのも関西系である。東京では「もう一度」「もう一つ」という。しかもそれ等は東京語と地方語との相違に過ぎない。

それ以上に、不完全なる東京語として、私たちの耳に甚だ不愉快にひびくのは「何々してる」「見てる」「聞いてる」の言葉である。犬塚氏のいう通り、これは東京人の「何々している」が「何々してえる」と聞えるために、地方人が「何々してる」と聞き訛ったのである。

併しこれは地方人にかぎらず、東京の人でも下層社会のあいだには「何々してる」

という言葉が、明治の末期頃から行われるようになって、銘酒屋の女などは「何々してる」を盛《さかん》に用いていた。それだけに、私たちの耳には不愉快の響きをあたえるのである。

怪しげなカフェーの女給や、玉の井あたりの女は、今でも盛に「何々してる」を口にしている。田舎出の学生や女学生のたぐいは、それを天晴《あっぱ》れのモダン語と心得て、その口真似をする。口真似だけに留まらず、筆にする場合にも平気で「何々してる」などと書くに至っては、低俗野卑、にがにがしいことである。そのほかにも「何々して仕舞う」というべき場合に「何々しちゃう」などと書くのがある。これもいけない。

こう云うと、併し実際に此種の言葉を使用している人間があるのだから仕方がないという議論が出るかも知れない。そういう人間のあることは私も知っている。現に私の家へ出入する人々のうちにも、そういう下等の言葉を平気で口にしている者が沢山あるので、私は心ひそかにその教養の低いのを憫んでいる。しかも私がここで彼《か》れ是《こ》れ云うのは物を書こうとする人々に向って云うのである。

ある特殊の人物を描く場合は格別、その他の人物はみな正しい言葉を用ゆべきである。一種のスラングは特殊の人物に限ることにして、他の人物は正しい言葉を用いるのが、小説や戯曲の法である。これは私が説明するまでもなく、外国の小説や戯曲をよめば直《す》ぐに判る。コナン・ドイルの小説が英国の家庭に汎《ひろ》く愛読されるのは、探偵小説の興味ばかりではない、彼がグード・イングリッシュを書くからである。良き作家は正しき言葉を書くことを忘れてはならない。

低俗野卑の流行語を濫用して、得々として新しがっているのは、如何にその作家が無教育であり、軽薄であるかを示すに過ぎない。良き劇作家たらんとする我が誌友諸君は、その戯曲をかく場合、努めて正しき言葉を使用することに留意されたい。

喜劇時代

喜劇時代来る——これは私が数年前から唱導していた所で、曾《かつ》て宝塚国民座に向っても新しい喜劇一座を組織するように進言したことがあったが、実現されずに終った。その国民座もようやく昨年八月頃から喜劇本位ということになったが、以来二、三ヶ月にして閉場するの已《や》むなきに至ったので、思わしい効果を揚げることも出来なかったのは遺憾であった。

日本人の笑い——それは或場合には外国人に取って不可解のものとされているが——は世界的に有名であると云ってよい。日本人ぐらい能《よ》く笑う国民はないらしい。悲むべき時にも笑い、怒るべき時にも笑う。それが或《ある》場合には馬鹿らしくも見え、或場合には陰険らしくも見えて、外国人等の誤解を招くこともあるが、なにしろ笑いを好む国民には相違ない。

「若い娘は箸が転げても笑う」と昔から云うが、若い娘ばかりでなく、相当の年齢の人間と雖《いえど》も「箸が転げても笑う」お仲間が多い。そういう国民のあいだに喜劇や滑稽小説が発達しない筈はない。江戸時代に最も多く読まれた書物は『唐詩選』と『三世相』と『膝栗毛』であるという。これに因っても、『膝栗毛』の笑いが如何に一般国民に歓迎されたかが判る。

然《しか》らば、劇の方面はどうかと見渡すと、明治以前には独立した喜劇というものは極めて少く、わずかに多少の滑稽浄瑠璃があるに過ぎない。さりとて、日本人の「笑い」が舞台の上に封じられたわけでは無い。悲哀や残酷を調和するために滑稽を加味する位のことは、いつの時代の作者も皆よく知っていたのであるから、一幕のうちにも必らず多少の滑稽味を加えることになっていた。つまり、独立した喜劇の存在しなかった代りに、どの劇にも喜劇らしい場面が多少なりとも存在していたのである。更に云えば、喜劇趣味を「なし崩し」に発揮していたわけで、それは私が今更説明するまでもなく、江戸時代の脚本を一読すれば容易に発見さるることである。

明治以後もやはりその習慣を継続していたので、歌舞伎には独立した喜劇というものは少い。明かに「喜劇」と銘を打って上演せらるるようになったのは、川上音二郎一派の新派劇誕生以後のことである。しかも明治時代には喜劇も差したる発展を見せず、大正以来殊に震災以後の大正末期から俄に勃興の機運を醸し成して、昭和の今日ますますその隆盛を示すに至ったのである。

私は「隆盛」と云った。しかもそれは在来の劇壇を標準としての言葉であって正しく云えば敢て隆盛と称すべき程のことではない。他の史劇や社会劇、舞踊劇等に比較して、喜劇がこのくらいの割合に上演せられるのは寧ろ当然のことで、今まで継子扱いを受けていたものが実子同様に認められるようになったと云うに過ぎないのである。

したがって、私のいわゆる隆盛は一時の現象にとどまらず、今後も持続するであろうと思われる。

それにつけて思い出されるのは、今から四十二、三年前のことである。私がまだ中学生であった頃に、英国大使館の書記官アストン氏と共に、神田の神保町通りを散歩したことがある。

その頃には今の電車通りはない。今日で云えば南側の裏通り、即ち東京堂や文房堂前の裏通りが神田の大通りであったのである。それとても今日に比べると、路幅はよほど狭い。家並は悪い。各商店の前には種々の物が積んである。往来には塵埃や紙屑が散乱している。一見、実に不体裁なものであった。

「倫敦《ロンドン》や巴里《パリ》の町に、こんな穢《きたな》い所はありますまいね。」と、私はあるきながら訊いた。

「勿論です。」と、アストン氏は顔をしかめながら答えた。「新嘉坡《シンガポール》や香港《ホンコン》にもこんな町は少いでしょう。」

こう云った後に、アストン氏は又云った。

「併し私は日本の町を歩くことを好みます。そこには倫敦や巴里は勿論、新嘉坡や香港にも見出されないような大きい愉快を感じることが出来るからです。それがあなたに判りますか。」

「わかりません。」

「それは途中で出逢う人——男も女も、老人も子供も、皆チャーフルな顔附をしていることです。どの人もみな楽しいような顔をして歩いています。こればかりは恐らく他の国には見出されますまい。それを見ていると、私も自然それに釣込まれて、おのずからなる愉快と幸福とを感じます。それが嬉しいので、私は努めて東京の市中を散歩することにしています。」

倫敦や巴里の人はどんな苦い顔をして歩いているか、私には想像が附かないので、唯黙って聴いていると、二、三間行き過ぎてからアストン氏は更にこんなことを云った。

「東京の町はいつまでも此儘《このまま》ではありません。町は必ず綺麗になります、路も必ず広くなります。東京は近き将来に於て、必ず立派な大都市になり得ることを、私は信じて疑いません。併しその時になっても、東京の町を歩いている人の顔が今日のようであるか何うか、それは私にも判りません。」

最後の言葉に頗る悲観的の意味を含んでいることは、年の行かない私にもよく判った。アストン氏はそれを悲しむような低い溜息を洩らしていた。

それから四十余年の歳月が流れた。そうして、アストン氏の予言したような時代が来た。私は神田の大通りを行くごとに、その当時の往来の人の顔と、今日の往来の人の顔とを見くらべて、今昔の感に堪えないことが屢々ある。どの人の顔も昔とは違って来た。或者《あるもの》は悩ましく、或者は悲しく、ある者は険しく、笑いを好む国民が近来は笑いを吝《おし》むような傾向になったらしく見える。その時代に喜劇が要求されるのは、理に於ては当然であり、情に於ては自然であろう。笑いを好む国民は、せめてその劇場にある間だけでも、昔のチャーフル顔の所有者に復《かえ》らなければなるまい。その意味に於て、私は今後もより好《よ》き喜劇のますます出現することを切望する一人である。

春の寝言

わたしは元来大の寝坊で、「寝るほど楽はなかりけり」というた人の教を謹んで服《ふく》膺《よう》している一人である。一日に八時間働いて、八時間遊んで、八時間眠るなどと云うのは、二世紀も前の暢気《のんき》な時代の規則で、今日の激しい世の中に生きている我々は尠《すくな》くも十時間以上は働く、遊ぶ暇というのは殆《ほとん》ど無い。せめてはその疲労を癒すべく十分の睡眠を貪るより他はない、昨今の私は夜の十時に寝て、朝の七時に起きる、つまり九時間眠る勘定であるが、中々その規則が、励行出来ない。毎日睡《ね》むたいような眼を擦りながら、兀々働いているという始末。

が、兎《と》もかく寝るのは好い心持である。ナポレオンは三時間しか眠らなかったとか云うが、私は決してそんな人を羨しいとは思わない。私は厚い夜具にくるまってぐうぐう寝るのが何より愉快だ、ところが、時々、神経衰弱の結果、不眠症に陥るような情ない場合がある。その時の不愉快と云ったら何ともお話にならない。実際、生きている心持がしない。

私は人に対して、余り厭な顔をしない質である。尠くとも自分では然《そ》う思っている。が、睡眠不足の暁だけは然うは行かない。若し私が常に厭な顔をしている場合があったら、金に困っているのでも無し（?）腹を立っているのでも無し、心配があるのでも無し、恐らく睡眠不足の翌日であろうとお察しを願いたい。

昔から誰も云うことだが、睡眠の快味は暁にある。五更の睡を骨辺の肉に譬えた古人の名句も、今更のように思い出される。宵は世間がまだ鬧《さわが》しいのと、自分の頭もまだ落付かないのとで、どうもゆったりした感じがない。単に睡むいと云う感じだけである。

夜半は世間が森閑としているが、何だか陰気で不可《いけな》い。木の葉がかさこそと云う音、犬の吠える声、殊に冬の夜などは物すごいようにも聞えて不可い。夏の夜半は暑苦しくて、これも不可い。

要するに、暁である。睡眠の幽味は暁にある。殊に春が可《よ》い。春眠不覚暁とは能く云ったものだ。春の暁、殊に彼岸の頃から四月の中旬頃までが最も可い。午前六時から七時頃、徐か眼を醒す――いや、本当に醒めてしまっては妙でない、醒めたような醒めないような、所謂半睡半醒の夢心地で、頭から夜具をすっぽりと被っていると、春の暖い朝日が窓の隙から柔かに映し込んで来る。庭では鳥の啼く声が聞える。鶯の声も聞える。花を売る声が聞える。豆腐屋の喇叭が聞える。路を歩く人の話声が聞える。大通りでは何となしにわあッと云うような声が聞える。

「いい天気だな。」

こんなことを朦朧と意識しながら、自分はまだ本当に眼が醒めない。室内の空気は蒸す——と云っても息苦しい程でない——ように暖かで、夜具の中は一種の柔い暖か味、譬えて云えば鳥の毛の中にくるまっているような軽い柔い温味を感じる。横わっている自分の身体はふわふわと宙に浮いているようにも思われる。近所の家で何か女が甲高《かんだか》に話している声が聞える。笑い声が聞える。

「何を話しているんだろう。」

能く聞き定めようと思う中に、又うとうとと眠ってしまう。その所で何かがたんと云う音が響く。又眼が醒める。

「おや何か毀《こわ》したな。」

と思う中《うち》に、又ぼんやりとなって来る。暫らくは夢。頭は薄い紗に包まれたようになる。それが又いつの間にか剝げかかると、窓の硝子がいよいよ明るくなる。

「花も咲いたろうな。上野は人が出るだろう。」と、こんなことを考える中に、清水堂あたり桜が一面に白く咲いている。これを背景にして、烏帽子を被って華やかな鎧を着た若武者が白馬に乗って現れる。その若武者が何か云いながら、弓に矢をつかえて礑を射ると、梢の花は雪のように散乱する。

「何だ、夢か。」いつの間にか自分は又眠ったと見える。宵に考えていた史劇の祟だなと思う。

「それにしても上野の花は見頃だろうな。」

十幾年の昔に、上野の桜から吉原の桜を見物に行ったことがある。あの時分はまだ若かったな。窓の硝子が又暗くなる。

誰也行燈がおぼろに点《とも》っている。桜の花が夜風にゆらめいている。お茶屋の姐さんが提灯を提げて通る。と思うと、景色は田町あたりの朝と変っている。春雨が糸のように降っている。わたしは羽織を頭から被って軒伝いに歩いている。所々に危ない溝板があるので、ひょいひょい飛んでゆく。――これも夢らしい。窓の硝子が又明るくなる。

門口では郵便という声が聞える。

「何処から来たんだろう。そうだ、今朝は返事を書かなければならない手紙が二通ある。もうそろそろ起きると為ようか。」

片肱突いて起き直ろうとしても、骨が弛んだような工合で、又ぐたりとなる。夜具の中は暖い。

「吉原も焼けてしまったんだ。改築後のよし原はどんなだろう。」と、又こんなことを考える。「蒲団着て寝たる姿や東山。」などと考えても見る。

三条大橋の上を舞子が通る。いかにも美しいけれども、あの蒼白い蠟のような顔が気に入らぬ。わたしは京都へ三度行ったことがある。祇園の夜桜——。

往来で何か大きな声で呶鳴る。はッと眼を睜いて見廻わすと、枕元には何時の間にか新聞が来ている。庭では鳥の声が「起きろ起きろ。」と催促するように聞える。世間が些と騒々しくなって来た。奮発して又起き直ろうとすると、相変らず骨無しのような工合で、又ぐらり。これでは果てしがない。大勇を皷して又起き直る。今度は兎にかく蒲団の上に座った。が、突ッ立ち上るにはまだ時間が懸る。誰かに手を取って引っ立てて貰いたいようにも思う。

「こういう時に人でも来れば、思い切って起きるんだが……。」と思いながら、今度は蒲団の上に俯伏してしまう。どこやらで琴の音が聞える。向うのお師匠さんへお弟子が稽古に来たのだ。もう猶予する時刻でない。が、意識はまだ朦朧としている。

鶯の声が又聞える。障子は一面に明るくなった。もう何うしても起きなければならない。が、この柔い暖い夜具の洞穴から抜け出すのは、蠑螺《さざえ》が殻を出るよりも辛い。ええ、構うものかと又夜具をかぶる。

或は醒め、或は眠り、起きては眠り、眠りては又起きる。この一、二時間の快い夢心地というものは、春の暖い暁ならでは到底味うことは出来ないのである。いくら寝坊のわたしでも、これが夏の朝なら一気にひらり飛び起きてしまう。秋の朝も早く起きた方が、気分が爽かで可い。冬は寒いに相違ないが。寒いと云うことさえ我慢すれば、早朝に起きられないことは無い。或年の如きは自分の職務上の都合もあったが、冬の朝五時には毎日必ず起きた例もある。

併し幾ら打たれても叩かれても、春の朝だけはゆっくり寝ていたい。暖い天気の好い日思うままに十分眠って、気の早い人はもうお花見にでもぞろぞろ繰出そうという時刻に、手拭をぶら下げて朝湯にゆく。湯屋の窓から映す日影に、風呂の湯烟の白く流れるのをぼんやり眺めながら、悠々と風呂に浸っている。半分茹ったようになってぶらぶら帰って来る。と、横町の角には花屋が荷を卸している。こう来ればお誂え向である。

考えて見れば極めて安価な道楽であるが、それが中々思うようには行かない。大抵の場合は、その快い夢心地を途中から引きちぎって、無理無体に引き摺り起され、寝《ね》惚眼《ぼけまなこ》を擦りながら原稿紙に対《むか》って鈍いペンを辿らせるのである。碌なものは書けない筈だと自分でも思う。

今年の春は何うかゆっくり寝かして呉れと、家内の者にも頼んである。取分けて桜の花の咲く頃には……。

新浮世風呂

本町庵大人(式亭三馬)と競争する訳でも無し、唯《た》だ自分の好きな入浴に就て、見るまま思うままを少しばかり書いて見る。

昔は「金銭を湯水の如く」などと云ったものだが、今日では湯水と雖《いえど》も無闇に濫用する訳には行かぬ。水道濫用は公徳心の無いものと認められて、水道部からお叱りを蒙むる。が、我々のような貧乏人は迚も金銭を湯水のように使う時節は無い、せめては湯水だけも所謂湯水のように使いたいと思う。此の意味からして、私は必ず銭湯へ行く。狭い湯殿などでボチャボチャやるのは忌だ。広い湯槽からザブザブ汲み出して遠慮なく浴びたい。不潔でも、不経済でも関《かま》わぬ。自宅に湯殿があれば之を物置にして、矢はり銭湯へ行く。であるから、大抵の家へ行っても、風呂の御馳走だけは御免を蒙むる。湯の辞儀は水とやら申すが、何分にも素人家の狭い湯風呂は恐れ入る。第一、小さな据風呂から首を出した形が、化されという図の様に感じられて成らぬ。と云って、相当に身分のある方々は、真逆に町の銭湯へも行かれまい。「夕涼み能《よ》くも男に生れたり」私は此点だけは貧乏人に生れた自由を喜ぶ。で、万一私が金満家《かねもち》になったら、尠くも十五、六坪位の湯殿を建築したいと思っている。

朝湯が好いとは誰も云うことだが、銭湯の朝は賑か過ぎて騒々しい。夜の湯はお話にならぬ。加之《のみな》らず、自分の職業《しごと》の都合もあるので、私は大抵午後に行く。昼の湯は静で好い。下町は知らず、山の手では日曜祭日の昼が最も好い。平日、昼の湯に這入《はい》る客は、我々のような無職業同様の人間か、左《さ》も無くば商家の隠居、学校を休んでいる放埒《のらくら》書生のたぐいで、湯の中は一種の堕気や荒廃の気を帯びている。それに反して、日曜祭日の昼に来る客は日々何等かの忙がしい勤務のある人で、今日は稀《たま》の休日なるが故に、昼間悠然《ゆっくり》入浴すると云うのが多い。随って見渡す所、一種愉快な気分や平和の気分が漂うている。これから家へ帰って、好きな酒を飲む人もあろう、好きな書物《ほん》を読む人もあろう、友達を待って棋を囲み俳句を闘わす人もあろう。それを思うと、何《ど》の人の顔にも如何《いか》にも悠暢《のびのび》したような、楽しそうな色が見える。私は休日の昼の湯が好だ。

菖蒲湯も私の好きな一つだ。この日ばかりは朝湯に行く。菖蒲は真青で剣の如くピンとしている所が身上で、午後になると茹でられたようにぐだぐだになってしまう。然《そ》うなっては芥《ごみ》も同様、寧ろ無い方が優《まし》だ。江戸趣味とか何とか云う理屈は抜きにして、兎《と》にかく一年一度の菖蒲湯だけは何日《いつ》までも続かせたいと思う。ゆず湯は菖蒲湯ほどに嬉しいとは思わぬ。輪切にした柚がブクブク泳いでいるなどは、余り風情のあるものでは無い。私等の小児の時には、三月の節句に桃湯と云うのが有った様に記憶するが、何日《いつ》か断えてしまったらしい。

湯から上るとガッカリすると云うが、私はそのガッカリして茫となった所に愉快を感じる。為朝、義朝、頼家などと云う源氏の大将達は、いずれも湯殿で敵に囲まれ、或《あるい》は捕われ或は討たれたのであるが、何さま湯上りのガッカリした所へ、不意に押寄せられては叶うまい。加之《しか》も此方《こっち》は裸である。昔の人間も中々巧く考えたと例《いつも》ながら感心する。

日記の一節

一

六月六日、雨。

ホーソーンの短編集を読んだら、その中にこんな話があった。

ガスコンチという学生が伊太利《イタリー》西部の故郷を去って、パジュアの大学に勉強しているると、その寓居の隣家にラパッシニという偉い医師が住んでいた。その娘は非常の美人で、若い学生は遂に恋に陥ちた。

ところが、その医師も大変な人で、自分の学術研究の犠牲として、わが娘を幼少の時から毒を以て養育した。そんなことが能《よ》いか何うだか知らないが、兎にかく毒を食って生長した娘の全身は毒素を以て組織せられ、いかなる毒草に触れても些《ちっ》とも感じないようになった。医師の薬園には沢山の毒草が植えてあって、娘も平気で毎日これを栽培していたのだ。勿論、学生はそんな怖しい秘密を夢にも知らないので、娘と朝夕親しく交際している中に、娘の呼吸からその毒が感染して、学生もまた一種の有毒性の人間となってしまった。

気が注いた時は既う遅い。学生が試みに息を噴くと、生きた蛛《くも》や蝶がばたばた落ちて死んだ。

作り話にしても、余り奇怪なことだと思ったが、解釈の為様《しよう》に因っては一種の寓意があるようにも見られる。毒素を以て組織された娘と交際して、清浄な学生にも毒が廻るということは随分有りそうな話だと思った。

二

六月十七日、陰。

鈴木鼓村氏からその著『耳の趣味』というを贈られた。車の掛声から木魚の音から豆腐屋の呼声に至るまで、すべて物の音色ということに就て、種々の感想やら逸話やらを輯《あつ》めたもので、読んで見ると中々面白いことが書いてある。

その中に「箏の凄味」と題して、わが十三絃の箏なるものほど神秘的で、一種の凄味を有しているものは、世界の楽器中にも恐らくあるまいと書いてある。鼓村氏は音楽家であるから殊にその感が深いのであろうが、素人の我々もその点に於ては同感である。

一体、芝居や絵で見ても、琴を弾いている形というものは、一見優雅であると同時に、何となく一種の寂しみと凄みとを感じるものである。若《も》し夫《そ》れ空屋で美人が唯一人琴を弾いている図などを見たら、何人も云うべからざる凄気に打たれるに相違ない。美人弾琴の図も扱い様に因っては確かに人をハウントする力がある。地中海に棲む海魔が日本の琴を竪に抱えているロセチの画は、非常に凄いものであると、鼓村氏も云っている。

一体、楽器というものは、何か知らず一種の凄気を帯びているように思われる。笛、笙、琵琶のたぐい皆そうだ。三味線だって余り陽気なものではない。私の家にも三味線が掛けてあるが、暮夜独坐している時に、若《も》し此の三味線が突然に空鳴《そらなり》を始めはしないかと、屢々これを顧ることがある。

たとい私に金があっても、古い楽器の名器などを購う気はない。何だか之に或者《あるもの》の霊が宿っているように感じられて……。

三

六月十八日、陰。

原田春鈴氏から郵書が来て、当月生れの子息が突然に死去したと云う。

去る七日の午後に春鈴氏が来て、今度男の児を儲けたから、私に名を付けて呉れと云う。よろしい、何か考えて置こうと約束して、それから二日の後に五つ六つの名を列《なら》べて、この中で何《ど》れでも好いのを択んで呉れと云って与ると、十五日の午後に春鈴氏が再び来て、あの中で一彦というのを択んで、昨日区役所の届も無事に済ましたと語った。春鈴氏の顔には初めて人の親となった喜悦の色が漂っていた。

すると、三日の後には此の始末である。いかに嬰児とは云いながら、人間の命の脆いのにもつくづく呆れざるを得ない。若《も》し運命というものが眼に見えるならば、私が一彦という名を考えている頃には、嬰児の頭の上には冥府の使が已《すで》に突ッ立っていたのかも知れぬ。昔の人ならばこういう所で無常を悟るのであろう。彼《か》の西行法師のように……。

無常を悟り得ずに、唯いらいらして齷齪《あくせく》している我々近代人は幸か不幸か判ったものではない。

甲字楼夜話

十五、六歳の頃より自分が見聞した事どもを、手当り次第に手帳に記して置く。今は積んで幾冊にもなっている。歴史地理風俗詩歌俳諧天変地異妖怪変化、何でも構わずに書き留めてあるのだから、到底これを類別する訳には行かぬ。その中から好加減に数項を拾い出して、左に列《なら》べて見る。固《もと》より同時に書いたものでないから、文体は甚だ不同である。右あらかじめ御承知を乞う。

髪切

婦人が睡眠中、或《あるい》は途中往来の道に、突然そのたぶさを切落さるることあり、昔より之《これ》を髪切りと云いて、婦女は甚しく恐るる也。しかも男子にて此難に逢いたる人あり。慶応四年四月二十日の夜、神田小川町の歩兵屯所に詰めいたる何某《なにがし》というが、夜半便所へ行かんとて縁側へ立ち出でたるに、何かは知らず黒きものひらりと飛び来りて、何某が頭を礑《はた》と撲ちたり。何某あッと驚きてその場に悶絶せしが、誰彼れの介抱にてようように息を吹き返す。その髪の毛は髻《もとどり》よりふッと切れて、三尺ばかりあなたに落ちいたり。これは何の故たるを知らず。何某の話にては、右の恠物《かいぶつ》はその形猫の如く、その黒きこと天鵞絨の如くなりしとか。俗に髪切は猿の仕業なりなど云い伝うるは、かかる事より出でたるにや、余が父の縁者の娘、某藩邸に奉公せしが、或夜わが隣に打臥しいたる朋輩の女の髪突然に切れて落ちたり。余りのおそろしさに一同は声も出でざりしと云う。生理学上より見ても果して斯《かか》ることのあるものにや。但し昨今は更に此の噂を聞かず。

昔の化け物

古き頃はもろもろの妖怪変化を指して、すべて鬼という。盗賊のたぐいもまた鬼と呼ばれたり。それより世の進むに連れて、色々の化物の名が現われ来る。その中にても、新しきものは人皆知れば一々記さず。比較的古きものにて余の知れるを挙ぐれば、左の数種あり。

赤口ぬらりひょん。牛鬼。山彦おとろん。わいろうかん。目一つ坊。ぬっぺら坊。

ぬり仏。ぬれ女。ひょうすべ。しょうけら。ふらり火。りうん坊。さかがみ。身の毛立ち。あふあふ。とうもこうも。猪の熊入道。大女坊。がんばり入道。

慶安の町触

慶安元年二月の江戸町触れに曰く、

一、町人祝言其外振舞之時、乞食ども参り何かと申候はば、打擲いたし、其上御番所へ可申上事。

一、町人蒔絵の乗鞍、並に糸鞍をかけ、乗り候こと無用たるべき事。

同二年七月十五日町触れに曰く、

一、町々の内にて踊など致候とて、必ず留めまじく候。盆にはいづれも賑ひ、踊り候まま、踊り可申候。但し喧嘩口論無之様申付候事。

僧侶の芝居

今より二十余年前に素人芝居流行したることあり。中にも面白かりしは、赤坂の福禄座（今の演伎座）に於て真宗の僧侶が芝居を催す、明治二十五年七月六日初日也、耶蘇退治と号して、一番目『弘法大師仮名譚』、中幕は八十川と車花ケ嶽『土俵の晴業』、大切『扇屋熊谷』なりしが、この芝居甚だ不人気にて坊主丸損となりしやに聞けり。

曲亭馬琴

『世間話』という写本の随筆あり。安政二年花堂散人編と記しあれども、如何なる人にや詳かならず。同書の序によれば猶此外に『風俗志』、『今様物語』、『六外狂歌集』、『俗語抄』等の著ありと云えど、余はいずれも知らず。無論、徳川の幕臣とは察せらるれど、その姓氏不明也。右の『世間話』の中に「中村伝蔵死罪」と題して、左の記事あり。真偽は知らねど珍しければ記して置く。敢て大家を傷けんとにはあらず。

予が母のゆかりの者、柳澤信濃守家来の妻なりけるが、其親類にやありけん、柳生但馬守家来に中村伝蔵といふ者あり。妻をおひでと云ひて、戯作者曲亭馬琴の妹なり。伝蔵憎体の男なりけるにや。茲に馬琴を嘲けりければ、馬琴心よからず思ひゐけるとなり。然るに伝蔵主家の金子を遊興に遣ひ果せしこと顕はれて罪せらるべきを、柳生の嫡男君あはれみ給ひ、窃かに逐電すべき旨内意を伝へければ、伝蔵妻に心の内を云ひ聞かせ、ひそかに落ち失せぬ。妻のお秀は兄馬琴が方へ引取り置き、何方へか再縁すべしとすすむれども、いなみて肯かず。馬琴云ふやう、左ほど再縁を否むは伝蔵と再び夫婦になるべき約束など致し置きたる故の事か、夫の行方知らぬことは有るまい、つつまず申せと度々云ひければ、伝蔵と仲好からねども兄の事なれば云ふとも悪しからじと思ひて、まことは伝蔵と時節を待って、もとの如く夫婦となるべき契約をなし置きぬ。伝蔵が居る処は何がしと云ふ寺にて、罪おそろしければ頭を剃り、出家に身を替へてあるなりと語るを聞きて、馬琴扨てこそ推量の如くなれ、彼奴か為に義理立して妹が再縁をいなみ、己が厄介となりゐること腹立たし、この事訴人して呉れんと柳生家へ罷り出で、しかじかと訴へければ、早速に捕手をつかはし、伝蔵を召捕り、家法ゆるかせに成りがたく、遂に死罪にしてけり。お秀これを聞きて怨み怒り、かようの兄の世話にはなるまじとて、人を頼みて奉公に出でけるとかや。(原文のまま)

篠塚稲荷

柳橋の北の方に篠塚稲荷というあり。新田義貞が十六騎の一人たる篠塚稲荷伊賀守が奉祀せし神社なりと伝えらる。伊賀守は西国の軍敗れて、生国の武蔵にさまよい下り、浅草のほとりに隠れいたるが、ここに稲荷の祠《ほこら》ありければ日々参詣して、主家の再興を祈る。一夜霊夢の告にて、新田の家も今の世にては再興覚束無しとありければ、伊賀守は望を失い、帯したる国光の銘刀を神前に納め、斯くなん詠めりける。

をしからぬ身をあづま路にさすらへて
神に誓を申しけるかな

斯くて身は剃髪して、祠のほとりに草庵を結び、此の稲荷に仕えて世を終りぬ。篠塚稲荷というは之が為なりとぞ。この歌、固より武人の口より出でたるなれば、詞句の妙はなけれど、真情流露とは誠に之をや云うならむ。運命は唯だ神のみぞ知る。人間の浅ましさには、迚も再興の望なき運命とは知らずして、あずまの果にさすらいつつ、只管に神の助けを被りいたるよと、我を嘲り我を憫むの意、言外にあふれて、いつ読みても涙のこぼるるは此の歌也。古来名歌はあまたあり、読んで人を泣かしむること此の如きは蓋し其類多からず。独り此の伊賀守のみならず、神の眼より見る時は迚も叶い難き望なるを、人間は斯くとも知らずして或は苦み或は悶え、いたずらに空想を夢みて、其日を送りつつあるもの比々皆是れなり。「神に誓を申しける哉」は、実に人間を代表せる嗟嘆の声也。

俳諧と和歌

芭蕉の「夏草や兵者共の夢の跡」を、藤原万伎が和歌にかえて詠める。

もののふの草むす屍《かばね》年古りて
　秋風さむしきちかうの原

貞室の「これはこれはとばかり花の吉野山」を、清水浜臣が和歌にかえて詠める。

三吉野の吉野の山の花盛り
　しばし物こそ云はれざりけれ

この歌二首、共に原作を凌ぐと称せらる。予は門外漢也、果して当れるや否やを知らず。

兄坂弟坂

『敵討襤褸錦』は有名の浄瑠璃也。作者三好松洛が其中の道行『対の花かひらぎ』を書きたるに、「急げば廻る車坂、いそがぬ顔でぶらぶら」と、のぼる兄坂弟坂、親の仇を持ちし身はという文句あり。人形使いの一人が難じて「われ等は備後の鞆の生れなるが、其のあたりに車坂、兄坂、弟坂など云う地名無し」と云う。松洛冷笑いて「成程、今までは有るまいけれど、今に見られよ、此の作が流行せば必ず其のやうなる地名が跡から出来るもの也」と答えしとぞ。事実に囚われぬ松洛は流石に名作者なりけり。平賀源内が矢口渡の浄瑠璃にて「六郷は近き世よりの渡にて」と勝手に決めてしまいしも、これと同様也。しかも世にいう名所古蹟などには斯《かか》るたぐいも多かるべしと察せらる。

雪女

越後の雪女郎は昔より云うこと也。烈しき風が地に積む雪を吹き巻きて、空に飛ぶ雪と相乱れて舞い颺る。その形は白朦朧として、宛がら白き女のたたずめるかとも見ゆる也。彼の海坊主と云えるも、海上に於ける濃霧の作用にて、予も玄海灘を船行中に、大入道の如きものが船端に近くを屢々見たるが、大なるは高さ丈余もあるべく、薄黒き綿にて作りたる大坊主に能く似たり。満洲にても北方へ行くに従って雪姑の怪を説く者多し。その伝説に云う、むかし清の太祖が奉天に都せる頃に、姜氏と呼べる愛妾ありき。姜氏は近侍の悪少年と情を通ぜしこと顕れ、少年は直ちに斬殺せられ、姜氏は雪中赤裸のままにて渾河の水底に沈められたり。雪姑は即ち姜氏の幽魂にて、雪のふる夜に迷い出づ。これを見れば忽ち死すと云いて甚た恐る。時には屋内にも襲い入ることありて、雪のふる夜には家々の婦女小さくなりて夜を明かすという。例の馬賊は之を幸いに、白衣を着けて雪女に扮装し、婦女を嚇して攫い行くこと屢々ありとぞ。満洲にては我が北越地方の如き大雪を見ること甚だ稀れなれば、吹雪の為に雪女郎の形が現ずる程のこと有りや無しや。これ等の怪談は恐く昔より盗賊どもが云い触したるならんか。

梅若の木像

予は先頃『梅若丸』の脚本を起稿するとて、色々の参考書まで調査したるに、『墨水消夏録』（文化二年、蘭洲作）に左の記事あり。

江戸の工匠溝口内匠といふが予に語りけるは、其祖たまたま牛若丸の木像を作る。妙工の手に出でたる故、人これを所望して去れり。其木像いつの頃より彼の木母寺に納めたりけるか、梅若の像とせり。故に虎の皮の尻鞘かけたる太刀を佩びたりと

語れり。内匠は寛政の頃まで六十余にて存生せり、云々。(原文のまま)
この事の真偽は知らず。予も過日木母寺に参詣したれば、寺僧に其事を問い糺さんかと思いしが、何とやらん気の毒にも思われてそのままにして止みたり。

蛇蛸

馬琴の『兎園小説』の中に、出雲の国にては蛸に化する蛇あるを記せり。これを見たる人の話に、一匹の黒き蛇が海に入りて浮ぶよと見る中に、やがて一匹の蛸となりぬ云々とあり。

この事甚だ奇怪なりと思いて、或時出雲の人に糺したるに、同地にては昔より左る伝説あり。即ち蛇が海中に入りて、半死半生の体にて浮ぶこと六、七日、次第にその形が変りて蛸と変ず。これを蛇蛸と云いて食う者無し。蛇蛸は普通の蛸に比すれば色甚だ蒼く、脚は六本或は七本にて、満足に八本揃いたるを見ず。されば同地方にては脚の不足せる蛸を見る時は、或は蛇の化身ならんかと危みて一切口にせずと云えり。動物学者の説を聞きたきもの也。

盲目の王

西暦千三百四十六年、英仏の両軍はクレッセーに於て大に戦う。英軍には彼のブラックプリンスありて、仏軍散々に追い敗らる。ボヘミヤの王は盲目なりけれども、仏軍の加勢として兵を出せり。味方の形勢危しと聞くや、王は左右の武士を顧みて、我を戦場へ案内せよ、敵に一撃を加えて死なんと云う。二人の武士は一議に及ばず、盲目の王が乗りたる馬を真中に立たせ、武士はその馬を左右に列べ、最期までも主従相離れぬように、三人が馬の手綱を緊と結び付け、直驀地に敵中へ駈け入りて、枕を駢べて討死す。これ有名の物語也。

予は此の歴史を読む毎に、彼の盲目王が関ヶ原の戦に於ける土谷刑部に能く似たるを思う。刑部の義は盲目王に等しく、湯浅伍介の忠は二人の武士に劣らず。しかも刑部は自殺せり、盲目王は敵に駈入って討死せり。刑部は消極的也、盲目王は積極的也、東西人情の相違を見るべし。

人相と手相

人相と云い、手相と云うもの、一概に侮り笑うべからず、時には偶中する事もあるものありと、己が父曾て語れり。

父はまだ若かりし頃、予《かね》て心安き内藤藩の若侍と二人連にて御殿山の桜を見物し、帰途高輪の茶店にて酒を飲みいたるに、門に立ちたる一人の僧あり。連の侍の面相を眺めて暫く思案しいたるが、やがてつかつかと入り来りて、失礼ながら御身の手の筋を拝見したしと云う。侍も少しく酔いたれば笑いながら手を出したるに、僧はつくづくと打眺めて眉を顰《ひそ》め、御身は斯《かか》る所に長居すべきにあらず、酒など止めて早くに帰りたまえと云う。そなたは笑うて取合わず、僧も斯く云い捨てて立去れり。かくてその日の暮るる頃帰宅したるに、彼の侍の実父は国許にて死去したる旨早使にて知らせ来れり。僧の云いたること思い当りて、これには二人も流石に顔を見合せたりという。適中か偶中か、不思議のこともあるもの也。

怪談奇譚

夢のお七

一

大田蜀山人の「一話一言」を読んだ人は、そのうちにこういう話のあることを記憶しているであろう。

八百屋お七の墓は小石川の円乗寺にある。妙栄禅定尼と彫られた石碑は古いものであるが、火災のときに中程から折られたので、そのまま上に乗せてある。然るに近頃それと同様の銘を切って、立像の阿弥陀を彫刻した新しい石碑が、その傍らに建てられた。ある人がその仔細をたずねると、円乗寺の住職はこう語った。

駒込の天沢山龍光寺は京極佐渡守高矩の菩提寺で、屋敷の足軽がたびたび墓掃除に通っていた。その足軽がある夜の夢に、いつもの如く墓掃除に通うこころで小石川の馬場のあたりを夜ふけに通りかかると、暗い中から鶏が一羽出て来た。見ると、その首は少女で、形は鶏であった。鶏は足軽の裾をくわえて引くので、なんの用かと尋ねると、少女は答えて、恥かしながら自分は先年火あぶりのお仕置を受けた八百屋の娘お七である。今もなお此のありさまで浮ぶことが出来ないから、どうぞ亡きあとを弔ってくれと云った。頼まれて、足軽も承知したかと思うと、夢はさめた。

不思議な夢を見たものだと思っていると、その夢が三晩もつづいたので、足軽も捨てては置かれないような心持になって、駒込の吉祥寺へたずねて行くと、それは伝説のあやまりで、お七の墓は小石川の円乗寺にあると教えられて、更に円乗寺をたずねると、果してそこにお七の墓を見出した。その石碑は折れたままになっているが、無縁の墓であるから修繕する者もないと云う。そこで、足軽は新しい碑を建立し、若干《なにがし》の法事料を寺に納めて無縁のお七の菩提を弔うことにしたのである。いかなる因縁で、お七が彼《か》の足軽に法事を頼んだのか、それは判らない。足軽もその後再び尋ねて来ない。

以上が蜀山人手記の大要である。案ずるに、この記事を載せた「一話一言」の第三巻は天明五年ごろの輯録であるから、その当時のお七の墓はよほど荒廃していたらしい。お七の墓が繁昌するようになったのは、寛政年中に岩井半四郎がお七の役で好評を博した為に、円乗寺内に石塔を建立したのに始まる。要するに、半四郎の人気を煽ったのである。お七のために幸いで無いとは云えない。

お七の墓のほとりにある阿弥陀像の碑について、円乗寺の寺記には、

「又かたわらに弥陀尊像の塔あり。これまたお七の菩提のために後人の建立しつる由なれど、施主はいつの頃いかなる人とも今明白に考え難し。或はいう、北国筋の武家何某、夢中にお七の亡霊告げて云う、わが墳墓は江戸小石川なる円乗寺という寺にあれども、後世を弔うもの絶えて、安養世界に常住し難し、されば彼の地に尊形の石塔を建てて給わば、必ず得脱成仏すべしと。これによって遥に来りて、形の如く営みけるといえり。云々。」

この寺記は同寺第二十世の住職が弘化二年三月に書き残したもので、蜀山人の「一話一言」よりも六十年余の後である。同じ住職の説くところでも、天明時代の住職と弘化時代の住職との話のあいだには可なりの相違がある。しかもお七の亡霊が武家に仕える者の夢に入って、石碑建立の仏事を頼んだということは一致しているのである。いずれにしても武家に縁のある人が何かの事情でお七の碑を建立するに就て、あからさまにその事情を明かし難く、夢に托して然るべく取計らったものであろうと察せら

れる。

私がこんなことを長々と書いたのは、お七の石碑の考証をするためではない。そういう考証や研究は他に相当の専門家がある。私が今これだけのことを書いたのは、ある老人からそれに因んだ昔話を聞かされたからである。その話の受け売をする前提として、昔もこういう事があったと説明を加えて置いたに過ぎない。

そこで、その話は「一話一言」よりも八十余年の後、更に円乗寺の寺記よりも二十三年の後、即ち慶応四年五月の出来事で、私にそれを話した老人は石原治三郎（仮名）という三百五十石の旗本である。治三郎はその当時二十八歳で、妻のお貞は二十三歳、夫婦のあいだにお秋という今年四歳になる娘があった。慶応四年——それが如何なる年であるかは今更説明するまでもあるまい。石原治三郎が四谷の屋敷を出て、上野の彰義隊に加わったのは、その年の四月中旬であった。

彰義隊等とは成るべく衝突を避けて、無事に鎮撫解散させるのが薩長側の方針であったから、直ぐには攻めかかって来ない。彰義隊士も一方には防禦の準備をしながら、そのあいだには徒然《つれづれ》に苦しんで市中を徘徊するのもある。芝居や寄席などに行くのもある。よし原などに入込むのもある。しかも自分の屋敷へ立寄るものは殆ど無かった。

殊に石原の家では、主人が家を出ると共に、妻子は女中を連れて上総の知行所へ引込んでしまって、その跡はあき屋敷になっていたので、もう帰るべき家もなかった。

五月二日は治三郎の父の祥月命日である。この時節、もちろん仏事などを営んでいるべきではないが、せめてはこうして生きている以上、墓参だけでもして置こうと思い立って、治三郎はその日の朝から上野山を出た。菩提寺は小石川の指ケ谷町にあるので、型のごとくに参詣を済ませ寺にも幾らかの供養料を納め、あわせて自分が亡きあとの回向《えこう》をも頼んで帰った。その帰り道に、かの円乗寺の前を通りかかった。

「あの時はどういう料簡だったのか今では判りません。」と、治三郎老人は我ながら不思議そうに語るのであった。

まったく不思議と思われるくらいで、治三郎はその時ふいとお七の墓が見たくなったのである。彰義隊と八百屋お七と固《もと》より関係のあるべき筈はないが、彰義隊の一人石原治三郎は唯なんとなくお七の墓に心を惹かれたのである。彼は円乗寺の門内に這入って、お七の墓をたずねて行った。墓のほとりの八重桜はもう青葉になっていた。痩せても枯れても三百五十石の旗本の殿様が、縁のない八百屋のむすめなどに頭を下げる理窟もないが、相手が墓のなかの人であると思うと、治三郎の頭はおのずと下った。

寺を出て、下谷の方角へ戻って来ると、池の端で三人の隊士に出逢った。

「午飯を食いに行こう。」

「雁鍋へ行こう。」

四人が連れ立って、上野広小路の雁鍋へあがった。この頃は世の中がおだやかでない。殊に彰義隊の屯所の上野界隈は、昼でも悠々と飯を食っている客は少かった。四人は広い二階を我物顔に占領して飲みはじめた。明日にも寄手が攻めて来れば討死と覚悟しているのであるから、いずれも腹一杯に飲んで食って、酔って歌った。相当に飲む治三郎も仕舞いには酔い倒れてしまった。

大仏の八つ（午後二時）の鐘が山の葉桜のあいだから近く響いた。

「もう帰ろう。」と、一同は立上った。

治三郎は正体もなく眠っているので、無理に起すのも面倒である。山は眼の前であるから、酔いがさめれば勝手に帰るであろう、と他の三人はそのままにして帰った。置去りにされたのも知らずに、治三郎はなお半時ばかり眠りつづけていると、彼は夢を見た。

その夢は「一話一言」と同じように、八百屋お七が鶏になったのである。首だけは可憐の少女で、形は鶏であった。

「お断り申して置きますが、わたしが蜀山人の一話一言を読んだのは明治以後のことで、その当時はお七の鶏のことなぞは何にも知らなかったのです。」と、治三郎老人はここで註を入れた。

治三郎は勿論お七の顔などを知っている筈はなかったが、その少女がお七であることを夢のうちに直感した。先刻参詣してやったので、その礼に来たのであろうと思った。場所はどこかの農家の空地とでも云いそうな所で、お七の鶏は落穂でも拾うように徘徊していた。彼女は別に治三郎の方を見向きもしないので、彼はすこしく的《あて》が外れた。なんだか忌々しいような気になったので、彼はそこらの小石を拾って投げ付けると鶏は羽搏きをして姿を消した。

夢は唯それだけである。眼がさめると、連れの三人はもう帰ったというので、治三郎も早々に帰った。山へ帰れば一種の籠城である。八百屋お七の夢などを思い出している暇はなかった。

十五日はいよいよ寄手を引寄せて戦うことになった。彰義隊の敗れたその日の夕七つ頃（午後四時）に、治三郎は根津から三河島の方角へ落ちて行った。三、四人の味方には途中ではぐれてしまって、彼ひとりが雨のなかを湿《ぬ》れて走った。しかも方角をどう取違えたか、彼は千住に出た。千住の大橋は官軍が固めている。よんどころなく引返して箕輪田圃の方へ迷って行った。

二

蓮田を前にして、一軒の藁葺屋根が見えたので、治三郎は兎も角もそこへ駈け込んだ。彼は飢えて疲れて、もう歩かれなかったのである。ここは相当の農家であるらしかったが、きょうの戦いにおどろかされて雨戸を厳重に閉め切っていた。治三郎は雨戸を叩いたが、容易に明けなかった。続いて叩いているうちに、四十前後の男が横手の竹窓を細目にあけた。

「おれは上野から来たのだ。一晩泊めてくれ。」と、治三郎は云った。

「上野から……。」と、男は不安そうに相手の姿をながめた。「お気の毒ですが、どうぞほかへお出でを願いとうございます。」

言葉は叮嚀であるが、頗る冷淡な態度をみせられて治三郎はやや意外に感じた。ここらに住むものは彰義隊の同情者で、上野から落ちて来たといえば、相当の世話をしてくれると思っていたのに、かれは情《すげ》なく断るのである。

「泊めることが出来なければ、少し休息させてくれ。」

「折角ですが、それがどうも……。」

と、彼はまた断った。

たとい一泊を許されないにしても、暫時ここに休息して、一飯の振舞にあずかって、それから踏み出そうと思っていたのであるが、それも断られて治三郎は腹立たしくなった。

「それもならないというのか。そんなら雨戸を蹴破って斬込むから、そう思え。」

戦いに負けても、疲れていても、こちらは武装の武士である。それが眼を瞋《いか》らせて立ちはだかっているので、男も気怯《きおく》れがしたらしい。一旦引込んで何か相談している様子であったが、やがて渋々に雨戸をあけると、そこは広い土間になっていた。治三郎を内へ引入れると、彼はすぐに雨戸をしめた。家内の者はみな隠れてしまって、その男ひとりがそこに立っていた。

治三郎は水を貰って飲んだ。それから飯を食わせてくれと頼むと、男は飯に梅干を添えて持出した。彼は恐れるように始終無言であった。

「泊めてはくれないか。」

「お願いでございますから、どうぞお立退きを……。」と、彼は嘆願するように云った。

「詮議がきびしいか。」

「さきほども五、六人、お見廻りにお出でになりました。」

「そうか。」

上野から来たか、千住から来たか、落武者捜索の手が案外に早く廻っているのに、治三郎はおどろかされた。ここの家で自分を追っ払おうというのも、それが為であると覚った。

「では、ほかへ行ってみよう。」

「どうぞお願い申します。」

追い出すように送られて、治三郎は表へ出ると、雨はまだ降りつづけている。飯を食って休息して飢えと疲れはいささか救われたが、扨《さて》これから何処へゆくか、彼は雨のなかに突っ立って思案した。

捜索の手がもう廻っているようでは、ここらにうかうかしてはいられない。どこの家でも素直に隠まって呉れそうもない。どうしたものかと考えながら、田圃路をたどって行くうちに、彼はふと思いついた。かの農家の横手には可なり広い空地があって、そこに大きい物置小屋がある。あの小屋に忍んで一夜を明かそう。あしたになれば雨も止むであろう。探索の手もゆるむであろう、自分の疲労も完全に回復するであろう。その上で奥州方面にむかって落ちてゆく、差当りそれが最も安全の道であろうと思った。

治三郎は又引返した。雨にまぎれて足音をぬすんで、かの農家の横手にまわって、型ばかりの低い粗い垣根を乗り越えて、物置小屋へ忍び込んだ。雨の日はもう暮れかかっているのと母屋は厳重に戸を閉め切っているのとで、誰も気のつく者はないらしかった。

薄暗いのでよくは判らないが、小屋のうちには農具や、がらくた道具や、何かの俵のような物が積み込んであった。それでも身を容れる余地は十分にあるので、治三郎は荒むしろ二、三枚をひき出して土間に敷いて、疲れた体を横たえた。先刻までは折々にきこえた鉄砲の音ももう止んだ。そこらの田では蛙がそうぞうしく啼いていた。

雨の音、蛙の声、それを聴きながら寝転んでいるうちに、治三郎はいつかうとうとと眠ってしまった。その間に幾たびかお七の鶏の夢をみた。時々醒めては眠り、いよいよ本当に眼をあいた時は、もう夜が明けていた。夜が明けるどころか、雨はいつの間にか止んで、夏の日が高く昇っているらしかった。

「寝過したか。」と、治三郎は舌打ちした。

夜が明けたら早々にぬけ出す筈であったのに、もう昼になってしまった。捜査の手がゆるんだと云っても、落武者の身で青天白日の下を往来するわけには行かない。なんとか姿を変える必要がある。もう一度ここの家の者に頼んで、百姓の古着でも売って貰わなければなるまい。そう思って起きなおる途端に、小屋の外で鶏の啼き声が高くきこえた。治三郎は不図《ふと》お七の夢を思い出した。

又その途端に、物置の戸ががらりと明いて、若い女の顔がみえた。はっと思ってよく視ると、それは夢に見たお七の顔ではなかった。しかもそれと同じ年頃の若い女で、恐らくここの家の娘であろう。内を覗いて彼女もはっとしたらしかった。

「早く隠れてください。」と、娘は声を忍ばせて早口に云った。

隠れる場所もないのである。捜索隊に見付かったら百年目と、かねて度胸を据えていたのであるが、扨この場合に臨むと、治三郎はやはり隠れたいような気になって、隅の方に積んである何かの俵のかげに這い込んだ。しかもこれで隠れおおせるか何うかは頗る疑問であるので、素破といわば飛び出して手あたり次第に斬り散らして逃げる覚悟で、彼はしっかりと大小を握りしめていた。娘は慌てて戸をしめて去った。

鶏の声が又きこえた。表に人の声もきこえた。

「物置はここだな。」

捜索隊が近づいたらしく、四、五人の足音がひびいた。家内を詮議して更にこの物置小屋をあらために来たのであろう。治三郎は片唾《かたず》をのんで、窺っていた。

「さあ、戸をあけろ。」という声が又きこえた。

家内の娘が戸をあけると、二、三人が内を覗いた。俵のかげから一羽の雌鶏《めんどり》がひらりと飛び出した。

「むむ、鳥か。」と、彼等は笑った。そうしてそのまま立去ってしまった。

治三郎はほっとした。頼朝の伏木隠れというのも恐らくこうであったろう。彼等は鶏の飛び出したのに油断して、碌々に小屋の奥を詮議せずに立去ったらしい。鳥はどうしてここにいたか。娘が最初に戸をあけた時に、その袂の下をくぐって飛び込んだのかも知れない。

娘が治三郎にむかって早く隠れろと教えたのは、彼に厚意を持ったというよりも、ここで彼を召捕らせては自分たちが巻添いの禍を蒙るのを恐れた為であろう。鶏が飛び込んだのは偶然であろうが、今の治三郎には何かの因縁があるように考えられた。彼は又もやお七の夢を思い出した。

「お話はこれぎりです。」と、治三郎老人は云った。「その場を運よく逃れたので、今日までこうして無事に生きているわけです。雁鍋でお七の夢をみたのは、その日の午前に円乗寺へ墓まいりに行ったせいでしょう。前にもいう通り、なぜその時にお七の墓を見る気になったのか、それは自分にも判りません。又その夢が「一話一言」の通りであったのも、不思議といえば不思議です。私はそれまで確かに「一話一言」なぞを読んだことは無かったのです。箕輪の百姓家に隠れている時に、どうして二度目の夢をみたのか、それも判りません。まさかにお七の魂が鶏に宿って、わたしを救って呉れたわけでもありますまいが、何だか因縁があるように思われないでも無いので、その後も時々にお七の墓まいりに行きます。夢は二度ぎりで、その後に一度も見たことはありません。

鯉

一

日清戦争の終った年というと、かなり遠い昔になる。もちろん私のまだ若い時の話である。夏の日の午後、五、六人づれで向島へ遊びに行った。そのころ千住の大橋際に好い川魚料理の店があるというので、夕飯をそこで喰うことにして、日の暮れる頃に千住へ廻った。

広くはないが古雅な構えで私たちは中二階の六畳の座敷へ通されて、涼しい風に吹かれながら膳に向った。私は下戸であるのでラムネを飲んだ、ほかにはビールを飲む人もあり、日本酒を飲む人もあった。そのなかで梶田という老人は、猪口をなめるようにちびりちびりと日本酒を飲んでいた。たんとは飲まないが非常に酒の好きな人であった。

きょうの一行は若い者揃いで、明治生れが多数を占めていたが、梶田さんだけは天保五年の生れというのであるから、当年六十二歳の筈である。しかも元気の好い老人で、いつも若い者の仲間入りをして、そこらを遊びあるいていた。大抵の老人は若い者に敬遠されるものであるが、梶田さんだけは例外でみんなからも親しまれていた。実はきょうも私が誘い出したのであった。

「千住の川魚料理へ行こう。」

この動機の出たときに、梶田さんは別に反対も唱えなかった。彼は素直に附いて来た。扨《さて》ここの二階へあがって、飯を食う時はうなぎの蒲焼ということに決めてあったが、酒のあいだには色々の川魚料理が出た。夏場のことであるから、鯉の洗肉《あらい》も選ばれた。

梶田さんは例の如くに元気よく喋べっていた。旨そうに酒を飲んでいた。しかも彼は鯉の洗肉には一箸も附けなかった。

「梶田さん。あなたは鯉はお嫌いですか。」と、私は訊いた。

「ええ。鯉という奴は、ちょいと泥臭いのでね。」と、老人は答えた。

「川魚はみんなそうですね。」

「それでも鮒や鯰は構わずに食べるが、どうも鯉だけは……。いや、実は泥臭いというばかりでなく、ちょっと訳があるので……。」と、云いかけて彼は少しく顔色を暗くした。

梶田老人は色々のむかし話を知っていて、いつも私たちに話して聞かせてくれる。その老人が何か仔細ありげな顔をして、鯉の洗肉に箸を附けないのを見て、私はかさねて訊いた。

「どんな訳があるんですか。」

「いや。」と、梶田さんは笑った。「みんなが旨そうに喰べている最中に、こんな話は禁物だ。また今度話すことにしよう。」

その遠慮には及ばないから話してくれと、みんなも催促した。今夜の余興に老人のむかし話を一席聴きたいと思ったからである。根が話し好きの老人であるから、とうとう私たちに釣り出されて、物語らんと坐を構えることになったが、それが余り明るい話でないらしいのは、老人が先刻からの顔色で察せられるので、聴く者もおのずと形をあらためた。

まだその頃のことであるから、ここらの料理屋では電灯を用いないで、座敷には台ランプがともされていた。二階の下には小さい枝川が流れていて、蘆や真菰《まこも》のようなものが茂っている暗いなかに二、三匹の蛍が飛んでいた。

「忘れもしない、わたしが二十歳《はたち》の春だから、嘉永六年三月のことで……。」

三月と云っても旧暦だから、陽気はすっかり春めいていた。尤もこの年の正月は寒くって、一月十六日から三日つづきの大雪、なんでも十年来の雪だとかいう噂だったが、それでも二月なかばからぐっと余寒がゆるんで、急に世間が春らしくなった。その頃、下谷の不忍《しのばず》の池浚いが始まっていて、大きな鯉や鮒が捕れるので、見物人が毎日出かけていた。

そのうちに三月の三日、恰度お雛さまの節句の日に、途方もない大きな鯉が捕れた。五月の節句に鯉が捕れたのなら目出度いが、三月の節句ではどうにもならない。捕れた場所は浅草堀――と云っても今の人には判らないかも知れないが、菊屋橋の川筋で、下谷に近いところ。その鯉は不忍の池から流れ出して、この川筋へ落ちて来たのを、土地の者が見つけて騒ぎ出して、掬い網や投網を持ち出して、さんざん追いまわした挙句に、どうにか生捕ってみると、何とその長さは三尺八寸、やがて四尺に近い大物であった。で、みんなもあっとおどろいた。

「これは池のぬしかも知れない、どうしよう。」

捕りは捕ったものの、あまりに大きいので処分に困った。

「このまま放してやったら、大川へ出て行くだろう。」

とは云ったが、この獲物を再び放してやるのも惜しいので、いっそ観世物に売ろうかという説も出た。いずれにしても、こんな大物を料理屋でも買う筈がない。思い切って放して仕舞えと云うもの、観世物に売れと云うもの、議論が容易に決着しないうちに、その噂を聞き伝えて大勢の見物人が集まって来た。その見物人をかき分けて、一人の若い男があらわれた。

「大きいさかなだな。こんな鯉は初めて見た。」

それは浅草の門跡前に屋敷をかまえている桃井弥十郎という旗本の次男で弥三郎という男、ことし二十三歳になるが然るべき養子先もないので、いまだに親や兄の厄介になってぶらぶらしている。その弥三郎がふところ手をして、大きい鯉のうろこが春の日に光るのを珍らしそうに眺めていたが、やがて左右をみかえって訊いた。

「この鯉をどうするのだ。」

「さあ、どうしようかと、相談中ですが……。」と、傍らにいる一人が答えた。

「相談することがあるものか、食ってしまえ。」と、弥三郎は威勢よく云った。

大勢は顔をみあわせた。

「鯉こくにすると旨いぜ。」と弥三郎はまた云った。

大勢はやはり返事をしなかった。鯉のこくしょうぐらいは誰でも知っているが、何分にもさかなが大き過ぎるので、殺して喰うのは薄気味が悪かった。その臆病そうな顔色をみまわして弥三郎はあざ笑った。

「はは、みんな気味が悪いのか。こんな大きな奴は祟るかも知れないからな。おれは今までに蛇を喰ったこともある、蛙を喰ったこともある。猫や鼠を喰ったこともある。鯉なぞは昔から人間の喰うものだ。いくらおおきくたって、喰うのに不思議があるものか。祟りが怖ければ、おれに呉れ。」

痩せても枯れても旗本の次男で、近所の者もその顔を知っている。冷飯《ひやめし》食いだの、厄介者だのと陰では悪口をいうものの、扨その人の前では相当の遠慮をしなければならない。さりとて折角の獲物を唯むざむざと旗本の次男に渡してやるのも惜しい。大勢は再び顔をみあわせて、その返事に躊躇していると、又もや群集をかき分けて、ひとりの女が白い顔を出した。女は弥三郎に声をかけた。

「あなた、その鯉をどうするの。」

「おお、師匠か。どうするものか、料って喰うのよ。」

「そんな大きいの、旨いかしら。」

「うまいよ。おれが請合う。」

女は町内に住む文字友という常磐津の師匠で、道楽者の弥三郎はふだんから此の師匠の家へ出這入りしている。文字友は弥三郎より二つ三つ年上の二十五、六で、女のくせに大酒飲みという評判の女、それを聞いて笑い出した。

「そんなに旨ければ喰べてもいいけれど、折角みんなが捕ったものを、唯貰いはお気の毒だから……。」

文字友は人々にむかって、この鯉を一朱で売ってくれと掛合った。一朱は廉いと思ったが、実はその処分に困っている所であるのと、一方の相手が旗本の息子であるのとで、みんなも結局承知して、三尺八寸余の鯉を一朱の銀《かね》に代えることになった。文字友は家から一朱を持って来て、みんなの見ている前で支払った。

さあ、こうなれば煮て喰おうと、焼いて喰おうと、こっちの勝手だという事になったが、これほどの大鯉に跳ねまわられては、とても抱えて行くことは出来ないので、弥三郎はその場で殺して行こうとして腰にさしている脇差を抜いた。

「ああ、もし、お待ち下さい……。」

声をかけたのは立派な商人風の男で、若い奉公人を連れていた。しかもその声が少し遅かったので、留める途端に弥三郎の刃はもう鯉の首に触れていた。それでも呼ばれて振返った。

「和泉屋か。なぜ留める。」

「それほどの物をむざむざお料理はあまりに殺生でございます。」

「なに、殺生だ。」

「今日はわたくしの志す仏の命日でございます。どうぞわたくしに免じて放生会《ほうじょうえ》をなにぶんお願い申します。」

和泉屋は蔵前の札差で、主人の三右衛門がここへ通りあわせて、鯉の命乞いに出たという次第。桃井の屋敷は和泉屋によほど前借がある。その主人がこうして頼むのを、弥三郎も無下《むげ》に刎ねつけるわけには行かなかった。そればかりでなく、如才のない三右衛門は小判一枚をそっと弥三郎の袂に入れた。一朱の鯉が忽ち一両に変ったのであるから、弥三郎は内心大よろこびで承知した。

併し鯉は最初の一突きで首のあたりを斬られていた。強いさかなであるから、このくらいの傷で落ちるようなこともあるまいと、三右衛門は奉公人に指図してほかへ運ばせた。

ここまで話して来て、梶田老人は一と息ついた。

「その若い奉公人というのは私だ。そのとき恰度二十歳《はたち》であったが、その鯉の大きいには驚いた。まったく不忍池の主かも知れないと思ったくらいだ。」

二

新堀端に龍宝寺という大きい寺がある。それが和泉屋の菩提寺で、その寺参りの帰り途にかの大鯉を救ったのであると、梶田老人は説明した。鯉は覚悟のいいさかなで、一太刀を受けた後はもうびくともしなかったが、それでも梶田さん一人の手には負えないので、そこらの人たちの助勢を借りて、龍宝寺まで運び込んだ。寺内には大きい古池があるので、傷ついた魚はそこに放された。鯉はさのみ弱った様子もなく、洋々と泳いでやがて水の底に沈んだ。

仏の忌日に好い功徳《くどく》をしたと、三右衛門はよろこんで帰った。しかも明る四日の午頃に、その鯉が死んで浮きあがったという知らせを聞いて、彼はまた落胆した。龍宝寺の池は随分大きいのであるが、やはり最初の傷のために鯉の命は遂に救われなかったのであろう。乱暴な旗本の次男の手にかかって、むごたらしく斬り刻まれるよりも、仏の庭で往生したのがせめてもの仕合せであると、彼はあきらめるの外はなかった。

しかもここに怪しい噂が起った。かの鯉を生捕ったのは新堀河岸の材木屋の奉公人、佐吉、茂平、与次郎の三人と近所の左官屋七蔵、桶屋の徳助で、文字友から貰った一朱の銀で酒を買い、さかなを買って、景気よく飲んでしまった。すると、その夜なかから五人が苦しみ出して、佐吉と徳助は明くる日の午頃に息を引取った。それが恰も鯉の死んで浮んだのと同じ時刻であったというので、その噂はたちまち拡がった。二人は鯉に祟られたというのである。なにかの食い物にあたったのであろうと物識り顔に説明する者もあったが、世間一般は承知しなかった。彼等は鯉に執り殺されたに相違ないという事に決められた。他の三人は幸いに助かったが、それでも十日ほども起きることが出来なかった。

その噂に三右衛門も心を痛めた。結局自分が施主になって、寺内に鯉塚を建立すると、この時代の習い、誰が云い出したか知らないが、この塚に参詣すれば諸願成就すると伝えられて、日々の参詣人がおびただしく、塚の前には花や線香がうず高く供えられた。四月二十二日は四十九日に相当するので、寺ではその法会を営んだ。鯉の七七忌などというのは前代未聞であるらしいが、当日は参詣人が雲集した。和泉屋の奉公人等はみな手伝いに行った。梶田さんも無論に働かされて鯉の形をした打物《うちもの》の菓子を参詣人にくばった。

その時以来、和泉屋三右衛門は鯉を喰わなくなった。主人ばかりでなく、店の者も鯉を喰わなかった。実際あの大きい鯉の傷ついた姿を見せられては、総ての鯉を喰う気にはなれなくなったと、梶田さんは少しく顔をしかめて話した。

「そこで、その弥三郎と文字友はどうしました。」と、私たちは訊いた。

「いや、それにも話がある。」と、老人は話しつづけた。

桃井弥三郎は測らずも一両の金を握って大喜び、これも師匠のお蔭だというので、すぐに二人連れで近所の小料理屋へ行って一杯飲むことになった。文字友は前にもいう通り、女の癖に大酒飲みだから、好い心持に小半日も飲んでいるうちに、酔った紛れか、それとも前から思召があったのか、ここで二人が妙な関係になってしまった。つまり鯉が取持つ縁かいなという次第。元来、この弥三郎は道楽者の上に、その後はいよいよ道楽が烈しくなって、結局屋敷を勘当の身の上、文字友の家へ転げ込んで長火鉢の前に坐り込むことになったが、二人が毎日飲んでいては師匠の稼ぎだけでは遣り切れない。そんな男が這入り込んで来たので、好い弟子はだんだん寄り付かなくなって内証は苦しくなるばかり、そうなると、人間は悪くなるより外はない。弥三郎は芝居で見る悪侍をそのままに、体のいい押借りやゆすりを働くようになった。

鯉の一件は嘉永六年の三月三日、その年の六月二十三日には例のペルリの黒船が伊豆の下田へ乗込んで来るという騒ぎで、世の中は急にそうぞうしくなる。それから攘夷論が沸騰して浪士等が横行する。その攘夷論者には、もちろん真面目の人達もあったが多くの中には攘夷の名をかりて悪事を働く者もある。

小ッ旗本や安御家人の次三男にも、そんなのが混っていた。弥三郎もその一人で、二、三人の悪仲間と共謀して、黒の覆面に大小という拵え、金のありそうな町人の家へ押込んで攘夷の軍用金を貸せという。嘘だか本当だか判らないが、忌といえば抜身を突きつけて脅迫するのだから仕方がない。

こういう荒稼ぎで、弥三郎は文字友と一緒に旨い酒を飲んでいたが、そういうことは長く続かない。町方の耳にも這入って、だんだんに自分の身のまわりが危なくなって来た。浅草の広小路に武蔵屋という玩具屋《おもちゃや》がある。それが文字友の叔父にあたるので、女から頼んで弥三郎をその二階に隠まって貰うことにした。叔父は大抵のことを知っていながら、どういう料簡か、素直に承知してお尋ね者を引受けた。それで当分は無事であったが、その翌年、即ち、安政元年の五月一日、この日は朝から小雨が降っている。その夕がたに文字友は内堀端の家を出て広小路の武蔵屋へたずねて行くと、その途中から町人風の二人連れが番傘をさして附いて来る。

脛に疵持つ文字友はなんだか忌な奴等だとは思ったが、今更どうすることも出来ないので、自分も傘に顔をかくしながら、急ぎ足で広小路へ行き着くと、弥三郎は店さきへ出て往来をながめていた。

「なんだねえ、お前さん。うっかり店の先へ出て……。」と、文字友は叱るように云った。

なんだか怪しい奴がわたしのあとを附けて来ると教えられて、弥三郎もあわてた。早々に二階へ駈けあがろうとするのを、叔父の小兵衛が呼びとめた。

「ここへ附けて来るようじゃあ、二階や押入れへ隠れてもいけない。まあ、お待ちなさい。わたしに工夫がある。」

五月の節句前であるから、おもちゃ屋の店には武者人形や幟が沢山に飾ってある。吹流しの紙の鯉も金巾《かなきん》の鯉も積んである。その中で金巾の鯉の一番大きいのを探し出して、小兵衛は手早くその腹を裂いた。

「さあ、このなかにお這入りなさい。」

弥三郎は鯉の腹に這い込んで、両足を真直ぐに伸ばした。さながら鯉に呑まれたかたちだ。それを店の片隅に転がして、小兵衛はその上にほかの鯉を積みかさねた。

「叔父さん、うまいねえ。」と、文字友は感心したように叫んだ。

「叱《し》っ、静かにしろ。」

いううちに、果して彼の二人づれが店さきに立った。二人はそこに飾ってある武者人形をひやかしている風であったが、やがて一人が文字友の腕を捉えた。

「おめえは常磐津の師匠か。文字友、弥三郎はここにいるのか。」

「いいえ。」

「ええ、隠すな。御用だ。」

ひとりが文字友をおさえている間に他のひとりは二階へ駈けあがって、押入れなぞをがたぴしと明けているようであったが、やがて空しく降りて来た。それから奥や台所を探していたが、獲物《えもの》はとうとう見付からない。捕方は更に小兵衛と文字友を詮議したが、二人は飽までも知らないと強情を張る。弥三郎は一と月ほど前から家を出て、それぎり帰って来ないと文字友はいう。その上に詮議の仕様もないので捕方は舌打ちしながら引揚げた。

ここまで話して来て、梶田さんは私たちの顔をみまわした。

「弥三郎はどうなったと思います。」

「鯉の腹に隠れているとは、捕方もさすがに気がつかなかったんですね。」と、私は云った。

「気がつかずに帰った。」と、梶田さんはうなずいた。「そこで先ずほっとして、小兵衛と文字友はかの鯉を引張り出してみると、弥三郎は鯉の腹のなかで冷たくなっていた。」

「死んだんですか。」

「死んでしまった。金巾の鯉の腹へ窮屈に押し込まれて、又その上へ縮緬《ちりめん》やら紙やらの鯉をたくさん積まれたので窒息したのかも知れない。しかも弥三郎を呑んだような鯉は、ぎっしりと弥三郎のからだを絞めつけていて、どうしても離れない。結局ずたずたに引き破って、どうにかこうにか死骸を取出して、色々介抱してみたが、もう取返しは付かない。それでもまだ未練があるので、文字友は近所の医者を呼んで来たが、やはり手当ての仕様はないと見放された。水で死んだ人を魚腹に葬られるというが、この弥三郎は玩具屋の店で吹き流しの魚腹に葬られたわけで、こんな死に方はまあ珍らしい。

龍宝寺のあるところは今日の浅草栄久町で、同町内に同名の寺が二つある。それを区別するために、一方を天台龍宝寺といい一方を浄土龍宝寺と呼んでいるが、鯉の一件は天台龍宝寺で、この鯉塚は明治以後どうなったか、私も知らない。」

若い者と附合っているだけに、梶田さんは弥三郎の最期を怪談らしく話さなかったが、聴いている私たちは夜風が身にしみるように覚えた。

深川の老漁夫

T君は語る。

この頃は年をとって、すっかり不精になってしまったが、若いときには釣道楽の一人で、春は寒いのに寒釣りにゆく。夏は梅雨に濡れながら鯉釣りや蝦《えび》釣りにゆく。秋はうなぎや鱸《すずき》の夜釣りにゆく。冬も寒いのに沙魚《はぜ》の沖釣りにゆく。今から思えば、ばかばかしいほどに浮き身をやつしたものであったが、これもやはり降りつづく梅雨にぬれながら木場へ手長蝦を釣りに行ったときに、土地の人から聞かされた話の一つで、江戸末期から明治の初年にかけての世界であると思ってもらいたい。

深川の猿江に近いところに重兵衛という男が住んでいて、彼は河童といい、狐という、二つの綽名《あだな》を所有していた。その本業は漁師であるが、少しく風変わりの男で、若いときに一度は女房を持ったが、なにか気に入らないというので離縁してしまって、それから後は五十を越すまで独身で押し通して来た。いや、それだけならば別に問題にもならないのであるが、重兵衛はこの二、三年来、自分自身はめったに網打ちに出たこともなければ、魚釣りに出かけたこともなく、ほとんど懐《ふところ》ろ手で暮らしているのである。ときどきに小博奕ぐらい打つようであるが、それで遊んで暮らしていけるというほどでもない。さらに不思議なのは、前にもいう通りかれは碌々に商売に出ないのにも拘らず、いつも相当のさかなを魚籠《びく》や桶にたくわえて寝ていることである。漁師が魚を持っていれば、食うには困らない。そこで、彼は格別の働きもしないで、酒一合ぐらいには不自由なしに生きていられるのであった。

しかし口のうるさい世間の人がそれをそのままに見逃がす筈がなかった。釣りにも網打ちにも出ない漁師が、いつも魚を絶やさないというには何かの子細がなければならない。ある者は彼が稲荷の信者であるのから付会して、重兵衛は狐を使うのであると言い出した。いや、狐ではない、河童を使うのだと言う者もあった。いずれにしても、重兵衛は狐や河童のたぐいを使役して、かれらに魚を捕らせるのではあるまいかと、近所の人たちに疑われていた。

それについては、こういう話が伝えられた。ある夏の夜ふけに、近所の源吉という十八歳の若者が小名木《おなぎ》川の岸へ夜釣りにゆくと、七、八間ばかりはなれたところで突然に凄まじい水音がきこえた。魚の跳ねるのではない。もしや身投げではないかと危ぶんで、水音のひびいた方角へ駈けてゆくと、芦のあいだには一人の男があぐらをかいて煙草をのんでいた。それはかの重兵衛で、今ここへ駆けつけて来る足音を聞くと、かれはにわかに起ち上がって睨むように源吉を見た。

「おじさん、今の音はなんだろうね。」と源吉は訊いた。

「なんでもない。岸の石がころげ落ちたのだ。」と、重兵衛はしずかに言った。「おれの釣場へ来て荒らしちゃいけねえ。もっとあっちへ行け。」

それがふだんとは様子が変わって、なんだか怖ろしいようにも思われたので、年のわかい源吉はそのまま素直に立ち去った。重兵衛はおれの釣場と言ったが、別に釣竿らしいものを持っているとも見えなかった。しかもその魚籠のなかには四、五匹の大きい魚が月明かりに光っていた。

源吉はあくる日それを近所の人たちにささやいたので、重兵衛におおいかかる疑いはいよいよ深くなった。それればかりでなく、さらにこういう事実が発見された。重兵衛の魚には怪しい爪のあとがついているというのである。注意してみると、どの魚にも頭か背か腹かにきっと爪のあとが残っているので、それは網や釣り針にかかったものでなく、何かの動物に捕えられたものであることが確かめられた。問屋で詮議しても重兵衛はいつもあいまいな返事をしていた。深くそれを問いつめると、彼はしまいには腹を立てた。

「そんな面倒な詮議をするなら、ここへは持って来ねえ。おれは自分で売って来る。」

彼は問屋の詮議をうるさがって、自分で魚を売りあるくようになった。その頃の深川辺には貧乏長屋が多かったので、そこらの長屋のおかみさん達は、値のやすいのに惚れて重兵衛の魚を買った。勿論、その魚を食って中毒したなどという者もなかった。そのうちに又こんな事件が出来した。

かの源吉という若者が、秋の雨のそぼ降る夜に重兵衛の家の前を通りかかると、灯のひかりの薄く洩れる雨戸の内から軽い咳払いをするような声がきこえた。と思う間もなく、源吉の傘がにわかに重くなった。不思議に思って、その傘を持ちかえようとする途端に、傘の紙も骨も一度にばらばらと破れて、何物かが彼の顔をめちゃくちゃに掻きむしった。源吉は年こそ若けれ、浜育ちの頑丈な男であったが、不意の襲撃に面食らって、おめおめと相手を取り逃がしたばかりか、流れる血汐が眼にしみて、雨のなかにつまずいて倒れた。その騒ぎに近所の人たちも駈けつけたが、そこらに怪しい物の姿はもう見えなかった。源吉の話によると、かれを襲ったものは確かに獣である。傘の上に飛びあがって、その顔を引っ掻いたのをみると、あるいは狐ではないかというのであった。

場所が重兵衛の家の前で、その怪物が狐であるとすれば、彼が狐を使うという噂もいよいよ嘘ではないらしく思われた。彼が狐を使ってひそかに魚を捕らせているところを源吉が偶然に見つけて、それを世間へ吹聴したので、その復讐のためにこんな目に逢わされたのではないかというのも、まんざら根拠のない想像説でもなかった。しかし本人の源吉が重兵衛にむかって正面から苦情を申し込むには、理由が何分にも薄弱であった。暗いなかの不意撃ちであるから、彼は勿論その正体を見とどけたわけでもなく、又その獣らしい物が重兵衛の家から出入りするところを見つけたというわけでもないのであるから、相手が知らないと言い切ればそれまでのことで、しょせんは水かけ論に終るのほかはないので、源吉も残念ながら泣き寝入りにしてしまった。他の者からは勿論なんとも言いようはなかった。

こうして、表面は無事に済んでしまったが、諸人の疑惑はいよいよ深くなった。源吉の顔の疵は癒えても、重兵衛の噂は消えなかった。しかし源吉の先例があるので、諸人はその復讐を恐れて、直接に彼に対してどういう制裁を加えることも出来なかったが、自然の結果として彼を忌み嫌うようになった。陰では狐とか河童とかいう綽名を呼ばれ、一種の薄気味の悪い人間として世間から睨まれながらも、彼は直接になんの迫害を蒙ることもなく、相変わらず出所の怪しい魚を安く売りあるいて、裏長屋のおかみさん達に歓迎され、自分も独り者は気楽だよというような顔をして、一合か二合の寝酒を楽しんでいるらしかった。

そのうちに世の中はひっくり返って、古い江戸の名は東京と変わったが、それは幸いに重兵衛やその周囲の人たちに大いなる影響をあたえなかった。明治二年の夏の終る頃である。重兵衛は蛤町の裏長屋からおせんという少女を連れて来た。おせんは十五、六歳で、色こそ浅黒いが目鼻立ちの整った可愛らしい娘であったが、不幸にして生まれつきの啞であった。父には去年死に別れて、母は二人の子供をかかえて細々に暮らしているのであるが、姉娘のおせんは啞という片輪者であるから、奉公に出すことも出来ないで困っているのを、重兵衛がどう掛け合ったのか、養女に貰うことにして自分の家へ連れて来たのである。片輪であるが容貌《きりよう》も悪くない、その上におとなしく素直に働くので、重兵衛はよい娘を貰いあてたと喜んで可愛がっていた。近所の人達もおせんの素姓をよく知っている上に、片輪の少女に対する一種の同情もまじって、その父を嫌うようにその娘を嫌いはしなかった。食うや食わずの実家にいるよりも、ここへ貰われて来た方がおせんのためにも仕合わせであるらしく思われた。

それからふた月ばかりは無事に過ぎて、養父と養女とはいよいよ睦まじいように見えたが、ある朝おせんが家の前を掃いていると、その頰や頸筋になまなましい掻き疵のあるのを近所の人たちが発見した。疵のあとには血がにじんで、見るからむごたらしいのに驚かされて、手真似でその子細を聞きただしたが、何分にも要領を得なかった。しかしその疵のあとが、かの源吉の疵によく似ているので近所の人たちも大抵は想像した。

「可愛そうに、あの子もきっと重兵衛の狐にやられたのだ。」

しかし源吉の場合とは違って、おせんは養父にも可愛がられ、自分もおとなしく働いているのに、なんでこんなむごたらしい復讐を受けたのか、その子細は判らなかった。もう一つ不思議なことは、その夜ふけに、重兵衛の家の奥で彼が小声で何者かを叱り罵るような声がきこえた。床の下かと思われるあたりで獣の唸るような奇怪な悲しげな声が洩れた。そうして、そのあくる日は重兵衛が久し振りで網打ちに出てゆく姿を見た。めずらしいことだと近所でも噂していると、彼はその後毎日網打ちに出て、ほかの漁師達とおなじように稼ぎはじめた。それでも決して夜網には出ないで、日の暮れる頃には必ず帰って来た。おせんの顔の疵も塗り薬などしてだんだんになおって来た。近所の人がその顔を指さして、そんなになっても実家へ帰りたくはないかと手真似で訊いたことがあるが、おせんはいやな顔もせず、さりとて笑いもせず、少しく顔を紅くして頭をふっていた。

九月の末である。その頃はまだ旧暦の秋もおいおいに暮れかかって、深川には時雨《しぐれ》めいた空が幾日もつづいた。その日も朝から陰って、貝殻を置いた屋根の上に折りおりは弱い日かげを落としていたが、午後から東南《たつみ》の風がにわかに凪《な》いで、陽気もうすら寒くなったかと思うと、三時過ぎる頃から冷たい霧が一面に降りて来て、それが次第に深くなった。重兵衛の軒さきに立っている一本の柳も、その痩せた姿が暗く包まれてしまった。

「これじゃあ沖はどうだろう。」

ここらの人たちは沖を案じていたが、沖の霧は果たして陸《おか》よりも深かった。ここらの漁船はみな洲崎の沖に出ていたが、海の上は夜よりも暗い濃霧にとざされて、水に馴れている漁師たちも櫓や櫂《かい》を働かせるすべを知らなかった。度胸をすえて落ちついているのもあれば、どうかして漕ぎ抜けようと迷いに迷っているのもあった。重兵衛もその一人で、かれは自分ひとりで小舟を漕ぎ出していたが、あせりにあせってこの霧の海から逃がれようと、一生懸命に漕いでゆくと、方角をあやまって芝浦の方へ進んでしまった。それに気がついた頃には、霧も少しくはげかかって来たのであった。

陸《おか》の霧は海ほどではなかったが、それでも黒白《あやめ》もわかぬというような不安の状態が一時間あまりも続いた。それがようやく薄れて来て、あたりが自然の夕暮れのけしきに戻ったとき、重兵衛の家の入口に倒れているおせんの姿が見いだされた。おせんは再び顔や手に無数の掻き疵を負って、髪をふり乱して横ざまに倒れていたが、さらによく見ると、その喉笛は何物にか無残に食い破られていた。誰が見ても、もう助ける方法はないとあきらめたが、素足で門口まで這い出して倒れているのから想像すると、おせんは暗い霧のなかで何物にか襲われて、恐怖のあまりに、探りながら門口まで逃げ出したが、遂にそこでいたましい生贄となったらしい。もちろん声を立てたかも知れないが、何分にも本人が啞であるのと、近所の人たちも霧を恐れて、厳重に雨戸をしめて閉じ籠っていたのとで、そこにそんな惨劇が演出されていようとは気がつかなかったのであった。

沖の漁師達もだんだんに引き揚げて来た。重兵衛は飛んだ方角へ迷って行ったために、一番おくれて帰って来たので、その惨劇を知るのが最も遅かったが、それを知ると彼はしばらく喪神したように突っ立っていたが、やがて足ずりして、「畜生、畜生」と繰り返して罵った。

おせんの葬式がすんでも、重兵衛は仕事に出なかった。十日《とおか》あまりは唯ぼんやりと暮らしていたらしかったが、その後ひる間は酒を飲んで寝て暮らして、夜になると小名木川のあたりへ釣りに出て行った。それが五、六日もつづいた後、かれは出たままで帰らなかった。

あくる朝になって、その死体が芦の茂みから発見された。彼は両手で大きい河獺《かわうそ》の喉を締めつけながら死んでいたのである。重兵衛のからだには別に疵らしい痕も残っていなかったというのであるが、何分にもその時代のことで検視も十分に行き届かず、その死因も本当には判らずに終ったらしい。

大きい河獺は年を経たもので、確かに「雌」であったそうであると、T君は最後に注を入れた。

怪談一夜草紙

一

お福さんという老女は語る。

わたくしのような年寄りに何か話せと仰しゃっても、今どきのお若い方々のお耳に入れるような、珍らしい変わったお話もございません。それでも長いあいだには、自分だけには珍らしいと思うようなことが無いでもございません。これもその一つでございます。

わたくしが十七の年――文久二年でございます。その頃、わたくしの家は本郷の千駄木坂下町、どなたも御存じの菊人形で名高い団子坂の下で、小さな酒屋を開いていました。昔はあの坂に団子を焼いて売る茶店があったので、団子坂という名が残っているのだそうでございます。今日とは違いまして、その頃の根津や駒込辺は随分さびしい所で、わたくし共の住んでいる坂下町には、小笠原様の大きいお屋敷と、妙蓮寺というお寺と、お旗本屋敷が七、八軒ありまして、そのほかは町屋《まちや》でございましたが、団子坂の近所には植木屋もあれば百姓の畑地もあるというようなわけで、今日の郊外よりも寂しいくらいでございました。

その妙蓮寺というお寺の前に、浅井宗右衛門という浪人のお武家が住んでいました。なんでも奥州の白河とか二本松とかの藩中であったそうですが、何かの事で浪人して、七、八年前から江戸へ出て来て、親子ふたりでここに店借《たなが》りをしていました。宗右衛門という人は、そのころ四十四、五で、御新造には先年死に別れたというので独身でした。ひとり息子の余一郎というのは二十歳《はたち》ぐらいで、色の白い、おとなしやかな人でした。

浪人ですから、これという商売もないのですが、近所の子ども達をあつめて読み書きを教えたりして、いわば手習い師匠のようなことをしていました。勿論それだけでは活計《たつき》が立ちそうもないのですが、いくらか貯えのある人とみえて、無事に七、八年を送っていました。お父さんは寝酒の一合ぐらいを毎晩欠かさずに飲んでいました。

この親子の人たちが初めてここへ越して来た時は、わたくしもまだ子供でしたから、委《くわ》しいことはよく知りませんが、近所の者はこんな噂をしていたそうです。

「あの人たちも今に驚いて立ち退くだろう。」

それには子細のあることで、その家に住む人には何かの祟りがあるとかいうので、五、六年のあいだに十人ほども変わったそうです。なかには一と月も経たないうちに早々立ち退いてしまった人もあるということでした。一体どんな祟りがあるのか、わたくしもよく知りませんが、ともかくも五、六年のあいだに、その家からお葬式が三度出たのは、わたくしも確かに知っています。浅井さんの親子もそれを承知で借りたのです。そんなわけですから、家賃はむろん廉《やす》かったに相違ありません。家賃の廉いのに惚れ込んで、あんな化け物屋敷のような家へ住み込んでは、いくらお武家でも今に驚くだろうと、みんなが陰で噂をしていたのです。

「世の中に物の祟りなどのあろう筈がない。」と、宗右衛門という人は笑っていたそうです。尤もこの人は顔に黒あばたのある大柄の男で、見るから強そうな浪人でしたから、まったく物の祟りなどを恐れなかったのかも知れません。

論より証拠で、今に何事か起こるだろうと噂されながら、浅井さんの親子は平気でここに住み通していたのですから、悪い噂も自然に消えてしまって、近所の人たちも安心して自分の子どもを稽古にやるようにもなったのです。七年も八年も無事に住んでいる以上、まったく宗右衛門さんの言う通り、世のなかに物の祟りなどは無いのかも知れないと、わたくしの両親も時々に話していました。

そうすると、今までの人達はなぜ無暗に立ち退いたのでしょう。大かた近所の噂をきいて、唯なんとなく気味が悪くなって、眼にも見えない影に嚇かされて、早々に逃げ出したのかも知れません。お葬式が三度出たのも、自然の廻り合わせかも知れません。今の人なら無論にそう考えるでしょう。昔の人もまあそんな風に考えてしまったのでございます。

浅井さんも最初は手習いの師匠だけでしたが、後には剣術も教えるようになりました。別に道場のようなものはないのですが、裏のあき地で野天稽古をするので、わたくし共もたびたび見に行ったことがあります。その頃は江戸ももう末で、世の中がだんだんに騒がしくなって来たものですから、町人でも竹刀などを振りまわす者も出来て、浅井さんにお弟子入りをしている若い衆が十人ぐらいはありました。

さてこれからが本文のお話でございます。最初に申し上げました文久二年、この年はお正月の元日に大雪が降りまして、それから毎日風が吹きつづけて、方々に火事がありました。正月の晦日には小石川指ケ谷町から火事が出て、わたくし共の近所まで焼けて来ました。その春から上野の中堂が大修繕の工事に取りかかりましたので、お花見差止めというわけでもありませんでしたが、大抵は遠慮して上野のお花見には出ませんでした。向島にはお武家の乱暴が流行りまして、酔ったまぎれに抜身を振りまわす者が多いので、ここへも女子供はうかつに出られません。その上に辻斬りは流行り、押込みは多い。まことに物騒な世のなかで、わたくし共のような若い者は何が何やら無我夢中で、唯々いやな世の中だと怯《おび》え切っていました。

ところが、又そういう時節が勿怪《もっけ》の幸いで、今日で申せば失業者の浪人達がいろいろの方面へ召し抱えられて、御扶持にあり付くことにもなりました。浅井さんもその一人で、一旦浪人した旧藩主のお屋敷へ帰参することになったので、お父さんも息子も大喜び、近所の人たちもお目出たいといって祝いました。

「就いては長年お世話になったお礼も申し上げたく、心ばかりの祝宴も開きたいと存ずるから、御迷惑でもお越しを願いたい。」

こう言って、浅井さんはふだん懇意にしている近所の人たちを招待しました。家が広くないので、招待を二日に分けまして、最初の晩は近所の人達をあつめ、次の晩は剣術のお弟子たちを集めることにしたのです。わたくしの父も最初の晩に招かれまして、主人も満足、客も満足、みんながお目出たいを繰り返して、機嫌よく帰って来ました。

さてその次の晩に、不思議な事件が出来したのでございます。

二

それは五月なかばの暗い晩で、ときどきに細かい雨が降っていました。一方は高台で、近所には森が多いので、若葉の茂っているこの頃は、月夜でもずいぶん暗いのですから、こんな晩は猶更のことでございます。

浅井さんの家には十人ばかりの若い衆があつまりました。なにしろ親子ふたりの男世帯で、女の手がないのですから、こんな時にはお給仕にも困ります。そこで、近所のお豊さんお角さんという娘ふたりが手伝いを頼まれまして、ゆうべも今夜も詰めていました。お料理は近所の仕出し屋から取り寄せたのですが、それでも十人からのお客ですから、お座敷と台所とを掛け持ちで、お豊さんもお角さんもなかなか忙がしかったのです。

若い人達ばかりが集まったのですから、今夜は猶さら賑やかで、だんだんお酒が廻るにつれて、陽気な笑い声が表までも聞こえました。そのうちに主人の浅井さんがこんなことを言い出しました。

「月日は早いもので、わたしがここへ来てから足かけ八年になる。世間の噂では、この家には何かの祟りがあるという。それを承知で引き移って来たのであるが、その後に一度も怪しいことはなかった。わたしも忰もこれという病気に罹ったこともなく、災難に出逢ったこともなく、無事に年月を送って来た上に、今度は測らずも元の主人の屋敷へ帰参が叶うようになった。わたしに取ってはこんな目出たいことはない。最初に誰が言い出したのか知らないが、ここの家に祟りがあるなどというのは嘘の皮で、祟りどころか、かえって福の神が宿っているといっても好いくらいだ。」

浅井さんも目出たい席ではあり、今夜はいつもよりお酒を過ごしているので、自分の言ったことに間違いのなかったのを誇るように、声高々と笑いながら話しました。

聴いている人達もみんな口を揃えて、仰せの通りと笑っていました。

これで無事に済めば、まったく仰せの通りですが、主人も客も面白そうに飲みつづけて、今夜もやがて四つ（午後十時）に近いかと思う頃に、裏口の戸をとんとんと軽く叩く音がきこえたので、座敷にお給仕をしていたお角さんが台所の方へ出て行きました。つづいて裏の戸を同じようにとんとんと軽く叩く音がきこえたので、今度は息子の余一郎さんが出て行きました。

裏も表もひっそりして、その後は物音もきこえません。お角さんも余一郎さんもそれぞれ帰って来ないので、他の人達も不思議に思って、二、三人がばらばらと起って表と裏へ出てみると、外は一寸さきも見えないような真っ暗闇で、そこらに人のいるような気配もないのです。いよいよ不思議に思って、内から火をとって出て見ましたが、やはり其処らに人の影は見えないのです。

「はて、どうしたのだろう。」

みんなも顔を見合わせました。初めに裏口から出たお角さん、次に表へ出た余一郎さん、どっちもその儘ゆくえ不明になってしまったのですから、みんなが不思議がるのも無理はありません。一体、裏と表の戸を叩いたのは誰でしょう。二人はどこへ行ったのでしょう。この場合、そんな詮議をするよりも、まずその二人のゆくえを探す方が近道ですから、五、六人の若い衆が提灯を照らして裏と表へ駈け出しました。年の若い人達ではあり、ふだんから剣術でも習おうという人達ですから、小雨の降る暗いなかを皆んな急いで出かけたのです。出ては見たが、見当が付かない。思い思いに右と左へ分かれて、的《あて》もなしに其処らを呼んで歩きました。

「お角さん……。お角さん……。」

「余一郎さん……。」

その声におどろかされて、近所の人たちも出て来ました。わたくしの店の者なども出て行って、一緒になって探し歩きましたが、二人のゆくえはどうしても判らないので、どの人もただ不思議だ不思議だと言うばかりで、なんだか夢のような、狐にでも化かされたような、訳の判らないような心持になってしまったのでございます。

お角さんは町内の左官屋のひとり娘でした。お父さんの藤吉というのは相当に腕のある職人で、弟子ふたりと小僧ひとりを使いまわして、別に不自由もなく暮らしているのでした。お角さんはことし十六で、浅井さんへ手習いの稽古に来ていた関係から、ゆうべも今夜も手伝いに来ていたのです。阿母《おっか》さんはお時といって、ふだんから病身の人でした。

不思議とはいいながらも、こうなると誰の胸にも先ず浮かぶのは、余一郎さんとお角さんとの関係です。若い同士のあいだに何かの縁が結ばれていて、屋敷へ帰参が叶うことになれば、二人は逢うことが出来ない。万一、お国詰めにでもなれば一生の縁切れです。そこで、二人が相談して駈落ちをした。——と、まあ考えられるのですが、それならば今夜のような時を選ばずとも、もっと都合のいい機会《おり》があったろうと思われます。いかに年が若いといっても、二人ともに子供ではなし、駈落ちと決心した以上は相当の支度をして出る筈です。この雨のふる晩に、着替えの一枚も持たずに、どこへ飛び出したのでしょう。

そう考えて来ると、二人の駈落ちも少しく理屈に合わないように思われます。さりとて、まさかに心中する程のこともありますまい。二人の家出を、別々に考えていいのか、一緒に結び付けていいのか、それが第一の疑問です。もう一つの疑問は、裏口の戸を叩いたのは誰であるか、表の戸を叩いたのは誰であるか、それも一人の仕業か、別人の仕業か、一向に見当が付かないのでございます。

夜が明けても、二人は帰って来ませんので、騒ぎはいよいよ大きくなるばかりです。きょうも細かい雨が時々に降り出して、なんだか薄暗い陰気な日でした。

その日の午頃《ひる》に、わたくしの店の若い者がこんなことを聞き出してきました。三崎町の大仙寺というお寺の納所《なつしょ》が檀家の法要に呼ばれてかえる途中、丁度その時刻に坂下町を通りかかると、谷中の方角から十歳《とお》か十一ぐらいの女の子が長い振袖を着て、折りからの小雨にそぼ濡れながら歩いて来るのに出逢いました。この夜ふけに、小さな女の子が何処へ行くのかと、振り返って見送っていると、その子のすがたは浅井さんの家のあたりで見えなくなってしまったというのです。勿論、前にも申す通りの暗い晩ですから、その子のすがたが消えてしまったのか、闇に隠されてしまったのか、確かなことは判りません。納所の方でもそれほど不思議にも思わないで、そのまま行き過ぎてしまったのですが、けさになって浅井さんの一件を聞いて、もしやその女の子が戸を叩いたのではないかと言い出したのです。

若い者の報告を聞いて、わたくしの父は首をかしげていました。

「坊さんなぞというものは、とかくにそんな怪談めいたことを言いたがるものだからな。本当か嘘か判らない。」

しかしそれを聞いたのは、わたくしの店の者ばかりではないとみえて、その噂が忽ちに近所に拡がって、駈落ちの噂が一種の怪談に変わりました。

「やっぱりあの家には祟りがあったのだ。今まで何事もなかったが、浅井さんがいよいよ立ち退くというまぎわになって、不思議の祟りが起こったのだ。」

息子の余一郎さんはともあれ、他人のお角さんまでがどうして巻き添えを食ったのでしょう。お角さんまでがなぜ祟られたのでしょう。それが呑み込めないと、わたくしの父はやはり強情を張っていました。父がいくら強情を張ったところで、二人がゆくえ不明になったのは争われない事実で、駈落ちか怪談か、二つに一つと決めるよりほかはないのでございます。

前後の事情から考えると、一途に駈落ちとも決められず、さりとて怪談も疑わしく、みんなもその判断に迷ってしまったのです。

三

それに就いて、お父さんの浅井さんの意見はと訊ねますと、最初はなんにも判らぬと言っていましたが、しまいにこんなことを打ち明けたそうです。

「大仙寺の納所が見たという、年のころは十歳か十一で長い振袖を着た女の子——実はそれに就いて少しく心あたりが無いでもない。私がここへ引き移った日の夕がたに、それらしい女の子が裏口から内を覗いていたことがある。大かた近所の子供であろうと思っていたが、その後ここらにそんな子のすがたを見かけたことはなかった。私もそれぎりで忘れていたが、今度の話で思い出した。納所が出逢ったという怪しい女の子は、どうもそれであるらしい。」

こうなると、確かに怪談です。お角さんのお父さんの藤吉は大事のひとり娘がゆくえ不明になったのですから、職人達と手分けをして、気ちがい眼《まなこ》で心あたりを探しあるいて、明くる日のゆう方にがっかりして帰って来ると、右の怪談です。可哀そうに、お父さんはいよいよがっかりして、顔の色も真っ蒼になってしまいました。さなきだに病身の阿母《おっか》さんはどっと床に就くという始末です。お角さんと一緒に働いていたお豊さんも、その話を聴くと顫《ふる》えあがって、これも俄かに気分が悪くなって寝込んでしまいました。雨のふる晩に、長い振袖を着た女の子が戸を叩きに来て、若い男と女とを誘い出して行った——寄れば障ればその噂で、なんの祟りか知りませんけれども、浅井さんもとうとう祟られたということに決まってしまいました。今まで近所の評判もよく、殊に今度の帰参を祝っている最中に、こんな騒ぎが出来したのですから、町内の人たちも一層気の毒に思いましたが、こういう怪談になっては何とも手の着けようがありません。今まで広言を吐いていただけに、近所の手前面目ないと思ったのかも知れません、浅井さんは誰にも無断で、その晩のうちに何処へか立ち去りました。家財はそのままに残してあって、机の上にこんな置き手紙がありました。

前略。このたびは意外の凶事出来、御町内中をさわがせ申し候条、何とも申訳も無之候。取分けて藤吉どのには御気の毒に存じ申候。就ては其後の詮議仕りたく存じ候え共、何分にも帰参の日限切迫いたし居り候まま、其意を得ず候こと残念至極に存じ候。少々の家財、そのままに捨置き申し候間、よろしく御取計い被下度候。早々。

浅井宗右衛門

五月十六日

御町内御中

今日と違いまして、その当時のことですから、お話はこれでおしまいです。しかし怪談の噂はなかなか消えないで、ゆうべも振袖を着た女の子を見た者があったとか、どこの家の戸を叩かれたとか、いろいろのことを言い触らす者があるので、気の弱いわたくし共は日が暮れると外へも出られず、雨のふる晩などは小さくなって竦《すく》んでいる位でございます。

その噂を聞き込んだのでしょう、それから四、五日の後に、岡っ引の親分が手先を連れて、この町内へ乗り込んで来ました。町内の人達から委《くわ》しい話を聴き取って、その岡っ引は舌打ちをしました。

「畜生、風を食らって高飛びしやあがったな。」

だんだん聴いてみると、なんとまあ驚いたことには、浅井という人は浪人あがりの強盗だったのだそうです。これにはみんなも呆気《あっけ》に取られました。そういえば浅井は余り人相のよくない人でしたが、息子の余一郎という人は色白のおとなしそうな顔をしていながら、親子連れで斬取り強盗を働いていたのかと思うと、実に二度びっくりでございました。全く人は見掛けに依らないものです。それでも余程上手に立ち廻っていたと見えて、その悪事が久しく知れずにいたのですが、何かの事から足が付いて、この頃は自分達のからだが危くなって来たので、親子相談の上で怪談を仕組んだらしいのです。

もとの屋敷へ帰参などは勿論うそで、夜逃げなどをしては人に怪まれると思ったからでしょうが、なぜそんな怪談を仕組んだのでしょう。岡っ引の人達の鑑定では、おそらくお角さんをかどわかす手段であったろうというのです。お角さんと余一郎と関係があったか無かったか判りませんが、もし関係があったならば誘い出す方法は幾らもありましたろうから、多分は無関係で、行きがけの駄賃にお角さんかお豊さんかを引っ攫って行って、どこかの宿場女郎にでも売り飛ばすつもりであったろうというのです。

裏口の戸を叩いたのは浅井の仲間か手下で、なに心なく出て行ったお角さんに猿轡《さるぐつわ》でも嵌めて担ぎ出したのでしょう。お豊さんの方は運よく助かったわけです。余一郎までがなぜ出て行ったか判りませんが、お角さんを遠いところへ連れて行くのに、一人ではちっと手に余るので、その加勢に行ったのかも知れません。なにしろ唯の家出では詮議がやかましいので、こんな怪談めいた事を仕組んで、世間の人たちを迷わせようとしたのでしょう。

大仙寺の納所がその晩に怪しい女の子を見たというので、これも寺社方の調べを受けました。納所がこんな事を言った為に、いよいよ怪談と決められてしまったわけですが、納所は、確かに見たというだけのことで、浅井の一件には何の係り合いもないことが判って、そのまま無事に帰されました。したがって、その振袖の女の子の正体はわかりません。浅井も振袖の女の子の事なぞは最初から考えていなかったのでしょうが、そんな噂が広まったのを幸いに、当座の思いつきで、「実は引っ越しの日の夕がたに」なぞと、いよいよ物凄く持ち掛けたのでしょう。今の人間ならば容易にその手に乗らないでしょうが、何といっても昔の人たちは正直であったと見えます。かえすがえすも気の毒なのはお角さんの親たちで、阿母《おっか》さんはそれから一年ほど寝付いたままで、とうとう死んでしまいました。浅井親子はそれからどうしたか知りません。奥州筋で召捕られたとかいう噂もありましたが、確かなことは判りませんでした。それから三、四年の後に、お角さんは日光近所の宿場女郎に売られているという噂を聞きましたが、これも噂だけのことで、ほんとうの事は判りませんでした。

小説や芝居ならば、浅井親子の捕物や、お角さんの行く末や、いろいろの面白い場面があるのでしょうが、実録は竜頭蛇尾とでも申しましょうか、その結末がはっきりしないのが残念でございます。どうも御退屈さまで……。

明治の寄席と芝居

寄席と芝居と

一　高坐の牡丹燈籠

明治時代の落語家と一口《ひとくち》に云っても、その真打《しんうち》株の中で、いわゆる落語を得意とする人と、人情話を得意とする人との二種がある。前者は三遊亭円遊、三遊亭遊三、禽語楼小さんのたぐいで、後者は三遊亭円朝、柳亭燕枝、春錦亭柳桜のたぐいであるが、前者は劇に関係が少い。ここに語るのは後者の人情話一派である。

人情話の畑では前記の円朝、燕枝、柳桜が代表的の落語家と認められている。就中《なかんずく》、円朝が近代の名人と称せられているのは周知の事実である。円朝は明治三十三年八月、六十二歳を以て世を去ったのであるから、私は高坐における此《この》人をよく識っている。例の『牡丹燈籠』や『累ケ淵』や『塩原多助』も聴いている。私の十七、八歳の頃、即ち明治二十一、二年の頃までは、大抵の寄席《よせ》の木戸銭（入場料などとは云わない）

は三銭か三銭五厘であったが、円朝の出る席は四銭の木戸銭を取る。僅《わずか》に五厘の相違であるが、「円朝は偉い、四銭の木戸を取る。」と云われていた。

扨《さて》その芸談であるが、落語家の芸を語るのは、俳優の芸を語るよりも更にむずかしい。俳優の技芸は刹那に消えるものと云いながら、その扮装の写真等によって舞台のおもかげを幾分か彷彿させることも出来るが、落語家に至っては何《ど》うすることも出来ない。したがって、ここで何とも説明することは不可能であるが、早く云えば円朝の話し口は、柔かな、しんみりとした、いわゆる「締めてかかる」と云うたぐいであった。若し人情話も落語の一種であるというならば、円朝の話し口は少しく勝手違いの感があるべきであるが、自然に聴衆を惹き付けて、常に一時間内外の長丁場をツナギ続けたのは、確にその話術の妙に因《よ》るのであった。

私は円朝の若い時代を知らないが、江戸時代の彼は道具入りの芝居話を得意とし、赤い襦袢《じゅばん》の袖などをひらつかせて娘子供の人気を博し、かなりに気障な芸人であったらしい。しかも明治以後の彼は芝居話を廃して人情話を専門とし、一般聴衆ばかりでなく、知識階級のあいだにもその技倆を認めらるるに至ったのである。彼はその当時の寄席芸人に似合わず、文学絵画の素養あり、風采もよろしく、人物も温厚着実であるので、同業者間にも大師匠として尊敬されていた。

明治十七、八年の頃とおぼえている。速記術というものが次第に行われるようになって、三遊亭円朝口演《くえん》、若林坩蔵速記の『怪談牡丹燈籠』が発行された。後には種々の製本が出来たが、最初に現われたのは半紙十枚ぐらいを一冊の仮綴《かりとじ》にした活版本で、完結までには十冊以上を続刊したのであった。これが講談落語の速記本の嚆矢《こうし》であろうと思われるが、その当時には珍しいので非常に流行した。それが円朝の名声をいよいよ高からしめ、併《あわ》せて『牡丹燈籠』を有名ならしめ、更に速記術というものを世間に汎《ひろ》く紹介する事にもなったのである。

私は『牡丹燈籠』の速記本を近所の人から借りて読んだ。その当時、わたしは十三、四歳であったが、一編の眼目とする牡丹燈籠の怪談の件《くだり》を読んでも、さのみに怖いとも感じなかった。どうしてこの話がそんなに有名であるのかと、聊《いささ》か不思議にも思う位であった。それから半年ほどの後、円朝が近所（麴町区山元町）の万長亭という寄席へ出て、彼《か》の『牡丹燈籠』を口演するというので、私はその怪談の夜を選んで聴きに行った。作り事のようであるが、恰《あたか》もその夜は初秋の雨が昼間から降りつづいて、怪談を聴くには全くお誂《あつら》え向きの宵であった。

「お前、怪談を聴きに行くのかえ。」と、母は嚇《おどか》すように云った。

「なに、牡丹燈籠なんか怖くありませんよ。」

速記の活版本で多寡をくっていた私は、平気で威張って出て行った。ところが、いけない。円朝がいよいよ高坐にあらわれて、燭台の前でその怪談を話し始めると、私はだんだんに一種の妖気を感じて来た。満場の聴衆はみな息を嚥《の》んで聴きすましている。伴蔵とその女房の対話が進行するに随って、私の頸のあたりは何だか冷たくなって来た。周囲に大勢の聴衆がぎっしりと詰めかけているにも拘らず、私はこの話の舞台となっている根津のあたりの暗い小さい古家の中に坐って、自分ひとりで怪談を聴かされているように思われて、ときどきに左右を見返った。今日と違って、その頃の寄席はランプの灯が暗い。高坐の蠟燭の火も薄暗い。外には雨の音が聞える。それ等のことも怪談気分を作るべく恰好の条件になっていたには相違ないが、いずれにしても私がこの怪談におびやかされたのは事実で、席の刎《は》ねたのは十時頃、雨はまだ降りしきっている。私は暗い夜道を逃げるように帰った。

この時に、私は円朝の話術の妙と云うことをつくづく覚った。速記本で読まされては、それほどに凄くも怖ろしくも感じられない怪談が、高坐に持ち出されて円朝の口に上ると、人を悸えさせるような凄味を帯びて来るのは、実に偉いものだと感服した。時は欧化主義の全盛時代で、いわゆる文明開化の風が盛に吹き捲っている。学校に通う生徒などは、勿論怪談のたぐいを信じないように教育されている。その時代にこの怪談を売物にして、東京中の人気を殆《ほとん》ど独占していたのは、怖い物見たさ聴きたさが人間の本能であるとは云え、確に円朝の技倆に因るものであると、今でも私は信じている。

春陽堂発行の円朝全集のうちに「怪談牡丹燈籠覚書」というものがある。これは円朝自身が初めてこの話を作った時に、心おぼえの為にその筋書を自筆で記して置いたのであるという。自分の心覚えであるから簡単な筋書に過ぎないが、それを見ても円朝が相当の文才を所有していたことが窺い知られる。円朝は塩原多助を作るときにも、その事蹟を調査するために、上州沼田その他に旅行して、「上野下野道の記」と題する紀行文を書いているが、それには狂歌や俳句などをも加えて、なかなか面白く書かれてある。実に立派な紀行文である。

『牡丹燈籠』の原本が『剪燈新話』の牡丹燈記であるとは誰も知っているが、全体から観れば、牡丹燈籠の怪談はその一部分に過ぎないのであって、飯島の家来孝助の復讐と、萩原の下人伴蔵の悪事とを組み合わせた物のようにも思われる。飯島家の一条は、江戸の旗本戸田平左衛門の屋敷に起った事実をそのまま取入れたもので、それに牡丹燈籠の怪談を結び附けたのである。伴蔵の一条だけが円朝の創意であるらしく思われるが、これにも何か粉本があるかも知れない。兎《と》も角《かく》もこうした種々の材料を巧みに組み合せて、毎晩の聴衆を倦ませないように、一晩ごとに必ず一つの山を作って行くのであるから、一面に於《おい》て彼は立派な創作家であったとも云い得る。

前にもいう通り、話術の妙をここに説くことは出来ないが、たとえば彼の孝助が主人の妾お国の密夫源次郎を突こうとして、誤って主人飯島平左衛門を傷け、それから屋敷をぬけ出して、将来の舅たるべき相川新五兵衛の屋敷へ駈け付けて訴える件《くだり》など、その前半は今晩の山であるから面白いに相違ないが、後半の相川屋敷は単に筋を売るに過ぎないで余り面白くもない所である。速記本などで読めば、軽々に看過されてしまう所である。ところが、それを高坐で聴かされると、息もつけぬ程に面白い。孝助が誤って主人を突いたという話を聴き、相手の新五兵衛が歯ぎしりして「なぜ源次郎……と声をかけて突かないのだ。」と叱る。文字に書けば唯一句であるが、その一句のうちに、一方には一大事出来《しゅったい》に驚き、一方には孝助の不注意を責め、又一方には孝助を愛しているという、三様の意味がはっきりと現れて、新五兵衛という老武士の風貌を躍如たらしめる所など、その息の巧さ、今も私の耳に残っている。団十郎もうまい、菊五郎も巧い。しかも俳優はその人らしい扮装をして、その場らしい舞台に立って演じるのであるが、円朝は単に扇一本を以て、その情景をこれほどに活動させるのであるから、実に話術の妙を竭《つく》したものと云ってよい。名人は畏るべきである。

そこで考えられるのは、今日若《も》し円朝のような人物が現存していたならば、寄席はどうなるかと云うことである。一般聴衆は名人円朝のために征服せられて、寄席は依然として旧時の状態を継続しているであろうか。流石《さすが》の円朝も時勢には対抗し得ずして、寄席はやはり漫談や漫才の舞台となるであろうか。私は恐らく後者であろうかと推察する。円朝は円朝の出ずべき時に出たのであって、円朝の出ずべからざる時に円朝は出ない。たとい円朝が出ても、円朝としての技倆を発揮することを許されないで終るであろう。

田村成義翁の『続々歌舞伎年代記』には、どう云うわけか、明治二十年度に於ける春木座の記事を全部省略してあるが、私の記憶によれば、彼《か》の『牡丹燈籠』が初めて劇化されたのは、春木座の明治二十年八月興行であったと思う。春木座は本郷座の前身である。狂言は『怪談牡丹燈籠』の通しで、中幕の『鎌倉三代記』に市川九蔵（後の団蔵）が出勤して佐々木高綱を勤めていたが、他は俗に鳥熊の芝居という大阪俳優の一座で、その役割は萩原新三郎（中村竹三郎）飯島の娘お露（大谷友吉）飯島の下女お米、宮野辺源次郎（中村芝鶴《しかく》）飯島平左衛門（嵐鱗昇）飯島の妾お国（市川福之丞）飯島の中間孝助、山本志丈（中村駒之助）伴蔵（市川駒三郎）伴蔵女房おみね（中村梅太郎）等であった。更に註すれば、右の中村芝鶴は後の伝九郎で、現在の芝鶴の父である。市川福之丞は後の門之助で、現在の男女蔵《おめぞう》の父である。市川駒三郎は後に団十郎の門に入って、宗三郎と改名した。中村梅太郎は後の富十郎で、現在の市川団右衛門の父である。この通し狂言の脚色者は何人であるかを知らなかったが、後に聞けばそれは座附の佐橋五湖という上方《かみがた》作者の筆に成ったのであった。

その当時、私は十六歳、八月は学校の暑中休みであるから、初日を待兼ねて春木座を見物した。一日の午前四時、前夜から買い込んで置いた食パンをかかえて私は麴町の家を出た。

二　舞台の牡丹燈籠

その当時、春木座で興行をつづけていた鳥熊の芝居のことは、曾《かつ》て他にも書いたので、ここでは詳しく説明しないが、なにしろ団十郎も出勤した大劇場が桟敷と高土間と平土間の三分ぐらいを除いて、他はことごとく大入場《おおいりば》として開放したのである。木戸銭は六銭、しかも午前七時までの入場者には半札をくれる。その半札を持参すれば、来月の芝居は半額の三銭で見られる。我々のような貧乏書生に取っては、まことに有難いわけであった。

芝居は午前八時から開演するのであるが、そういうわけであるから木戸前は夜の明けないうちから大混雑、観客はぎっしり詰め掛けている。どうしても午前五時頃までに行き着いていなければ、好い場所へは這入られない。私などは大抵四時頃から麴町の家を出るのを例としていた。夏は好いが、冬は少しく難儀であった。御茶の水の堤に暁の霜白く、どこかで狐が啼いている。今から考えると、まったく嘘のようである。併《しか》しこの『牡丹燈籠』の時は、八月初めの暑中であるから大いに威勢が好い。いわゆる朝涼に乗じて、朴歯《ほおば》の下駄をからから踏み鳴らしながら行った。十六歳の少年、懐中の蟇口《がまぐち》には三十銭位しか持っていないのであるから、泥坊などは一向に恐れなかったが、暗い途中で犬に取巻かれるのに困った。今日のように野犬撲殺が励行されていないので、寂しい所には野犬の群が横行する。春木座へ行く時には、私は必ず竹切れか木の枝を持って出た。武器携帯で芝居見物に出るなどは、恐らく現代人の思い及ばない所であろう。この朝も途中で二、三度、野犬と闘ったことを記憶している。

余談は措いて、扨《さて》その芝居の話であるが、春木座の『牡丹燈籠』は面白かった。殆ど原作の通りで、序幕には飯島平左衛門が黒川孝助の父を斬る件《くだり》を叮嚀に見せていた。この発端を見せる方が、一般の観客には狂言の筋がよく判る。燈籠の件も悪くはなかったが、円朝の高坐で聴いたような凄味は感じられなかった。やはり円朝は巧いと、ここでも更に感心させられた。一座が上方俳優であるから、こうした江戸の世話狂言には、台詞が粘って聴き苦しいのは已《や》むを得ない欠点で、駒三郎と梅太郎の伴蔵夫婦などは最も困った。中幕の『三代記』は駒之助の三浦、梅太郎の時姫、九蔵の佐々木であったが、この中幕よりも通し狂言の『牡丹燈籠』の方が大体に於て面白かった。

私は先月の半札を持参したから、木戸銭は三銭。弁当は携帯の食パン二銭、帰途に水道橋際の氷屋で氷水一杯一銭。あわせて六銭の費用で、午前八時から午後五時頃まで一日の芝居を見物したのである。金の値に古今の差はあるが、それにしても廉《やす》いものであったと思う。

その後、どこかの小芝居で『牡丹燈籠』を上演したか何《ど》うだか知らないが、大劇場で上演したのは春木座の鳥熊芝居から五年の後、即ち明治二十五年七月の歌舞伎座である。歌舞伎座ではその年の正月興行に、やはり円朝物の『塩原多助一代記』を菊五郎が上演して、非常の大入りを取ったので、その盆興行に重ねて円朝物の『牡丹燈籠』を出すことになったのである。脚色者は福地《ふくち》桜痴《おうち》居士であったが、居士はこうした世話狂言を得意としないので、更に三代目河竹新七と竹柴其水とが補筆して一日の通し狂言に作りあげた。初演の年月から云えば、春木座の方が五年の前であるが、それは已《すで》に忘れられて、『牡丹燈籠』の芝居といえば、一般にこの歌舞伎座を初演と認めるようになって仕舞った。

歌舞伎座初演の役割は、宮野辺源次郎（市川八百蔵、後の中車）、萩原新三郎（尾上菊之助）、飯島の娘お露（尾上栄三郎、後の梅幸）、飯島平左衛門、山本志丈（尾上松助）、飯島の妾お国、伴蔵の女房おみね（坂東秀調）、若党孝助、根津の伴蔵、飯島の下女お米（尾上菊五郎）等で、これも殆ど原作の通りに脚色されていたが、孝助の役が原作では中間になっているのを、中間では余りに安っぽいと云うので若党に改めた。若党までも使う屋敷で、用人その他の見えないのは如何という批評もあったが、これは原作にも無理があるのだから致方《いたしかた》がない。単に旗本というばかりで身分を明かさず、大身かと思えば小身のようでもあり、話の都合で曖昧に拵《こしら》えてある。桜痴居士等も無論にそれを承知していた筈であるが、これも芝居として先ず都合の好いように拵えて置いたのであろう。

舞台の成績が春木座の比でないことは云うまでもない。配役も適材適所である。八百蔵は寧《むし》ろ平左衛門に廻るべきであったが、配役の都合で源次郎に廻ったので、旗本の次男の道楽者という柄には嵌らなかったが、同優はそのころ売出し盛りであったので、さのみの不評をも蒙《こうむ》らずに終った。松助の平左衛門もどうかと危まれたのであるが、これは案外に人品もよろしく、旗本の殿様らしく見えたという好評であった。

この時、わたしの感心したのは、菊五郎の伴蔵が秀調の女房にむかって、牡丹燈籠の幽霊の話をする件《くだり》が、円朝の高坐とは又違った味で一緒の凄気を感じさせた事であった。高坐の芸、舞台の芸、それぞれに違った味を持っていながら、その妙所に到ればおのずから共通の点がある。名人同士はこういうものかと、私は今更のように発明した。秀調は先代で、女形としては容貌も悪く、調子も悪かったが、こういう役は不思議に巧かった。

春木座の時にもこの狂言に因んだ牡丹燈籠をかけたが、それは劇場の近傍と木戸前だけに留まっていた。歌舞伎座の時にはその時代にめずらしい大宣伝を試みて、劇場附近は勿論、東京市中の各氷屋に燈籠をかけさせた。牡丹の造花を添えた鼠色の大きい盆燈籠で、その垂れに歌舞伎座、牡丹燈籠などと記してあった。盆興行であるので、十五と十六の両日は藪入りの観客に牡丹燈籠を画いた団扇《うちわ》を配った。同月二十三日の川開きには、牡丹燈籠二千個を大川に流した。こうした宣伝が効を奏して、この興行は大好評の大入りを占め、芝居を観ると観ざるとを問わず、東京市中に牡丹燈籠の名が喧伝された。今日ではどんなに大入りの芝居があっても、これ程の大評判にはなり得ない。

その原因をかんがえるに、第一は社会がその当時よりも多忙で複雑になった為であろう。第二は東京が広くなった為であろう。第三は各劇場の興行回数が多くなった為であろう。この『牡丹燈籠』を上演した明治二十五年の歌舞伎座は、一月、三月、五月、七月、九月、十月の六回興行に過ぎなかった。今日では一年十二回の興行である。たとえば黙阿弥作の『十六夜《いざよい》清心』や『弁天小僧』のたぐい、江戸時代には唯一回しか上演されないにも拘らず、明治以後に至るまでその名は世間に知られていた。今日では、去年の狂言も今年は大抵忘れられて仕舞うのである。毎月休みなしの興行にあわただしく追い立てられて、観客の観賞力も記憶力も麻痺してしまうのであろう。

劇場側ばかりでなく、世態もまた著るしく変った。明治時代、前記の『牡丹燈籠』上演の頃までは、市中の氷屋、湯屋、理髪店などのように諸人の集まる場所では、芝居の噂がよく出たものである。その噂をする客が多いために、湯屋の亭主や理髪店の親方も商売の都合上、新聞の演芸記事や世間の評判に注意していて、客を相手に芝居話などを流行《はや》らせたものである。したがって「湯屋髪結床の噂」なるものが、芝居の興行成績にも直接間接の影響を及ぼしたのであるが、現今は殆どそんなことは無い。湯屋や理髪店で野球や映画や相撲の噂をする客はあっても、芝居の噂をする客は極めて少ない。その相手になる亭主や親方も、自分が特に芝居好きでない限りは、芝居の話などをする者はない。

紐育《ニューヨーク》や倫敦《ロンドン》で理髪店へゆくと、こっちが日本人で世間話の種が無いせいでもあろうが、芝居を観たかと必ず訊かれる。外国では「湯屋髪結床の噂」がやはり流行するらしい。巴里《パリ》にはバジン・テアトル（芝居風呂）などと洒落れた名前を附けた湯屋もある。

三　円朝の旅日記

次は『塩原多助一代記』である。これも円朝の作として有名なものであるが、この作の由来について円朝自身が語るところに拠ると、彼が最初の考案は多助の立志譚を作るのではなくして、やはり『牡丹燈籠』式の怪談を作る積りであったと云う。怪談が変じて立志譚となったのは面白い。その経路はこうである。

円朝は生涯に百怪談を作る計画があって、頻《しき》りに怪談の材料を蒐集していると、その親友の画家柴田是真翁から本所相生《あいおい》町二丁目の炭屋の怪談を聞かされた。それは二代目塩原多助の家にまつわる怪談で、二代目と三代目の主人が狂死を遂げ、さしもの大家も遂に退転すると云う一件であった。

成程それは面白そうであるから、それを材料にして一編の怪談を組み立てようと云うことになったが、その当時、円朝はそれに就《つい》て何の予備知識もなかった。塩原多助という人の名さえも知らなかった。そこで、先ず相生町二丁目へ行って、土地の故老に塩原家のことを尋ねたが、何分にも年代を経ているので、一向にわからない。ようようのことで、塩原家の墓が浅草高原町の東陽寺にあることを探り出して、更にその寺へ尋ねてゆくと、墓は果してそこにあったが、寺でも矢はり詳しいことは判らなかった。併《しか》し住職と話している間に、円朝の眼についたのは、日本橋長谷川町の待合梅の屋の団扇が出ていることであった。そこで、梅の屋は檀家であるかと訊くと、檀家というわけではないが、塩原家の墓について当寺に附届けをする者は梅の屋だけであると、住職は答えた。梅の屋は円朝も識っているので、更に梅の屋へ行って聞き合せると、その老女将は塩原家の縁者であったが、これも遠い昔の事はよく知らないという。しかも女将の口から、初代の多助は上州沼田の在から江戸へ出て来た者であると云うことを聞き出したので、その翌日すぐに上州沼田へ向った。明治九年八月二十九日である。

それから先の紀行は「上野下野道の記」に詳しく書いてある。円朝は千住から竹の塚、越ヶ谷を経て、第一日の夜は大沢町の玉屋という宿屋に泊った。この方面には汽車の開通しない時代であるから、道中は捗《はか》取らない。その夜の宿は土地で有名の旧家であるが、紀行には「蚤と蚊にせめられて思うように眠られず。」とある。翌三十日は粕壁《かすかべ》、松戸を経て、幸手の駅に入り、釜林という宿屋に泊る。まことに気の長い道中である。

この旅行に、円朝は弟子を伴わず、伝吉という車夫一人を供に連れて行ったので、道中はかなりに退屈したらしい。おまけに、今夜の宿も宜しくなかったらしく、紀行には「その夜は雨ふりて寝心も好からんと思いのほかにて、蚤多く眠りかね、五時に起き出で、支度なしたり。」とある。行く先々で蚤や蚊に責められていたのは気の毒である。円朝は決して下等な宿屋に泊ったのではないが、毎晩この始末。むかしの旅の不自由が思いやられる。

三十一日は利根の渡を越えて、中田の駅を過ぎる。紀行には「左右貸座敷軒をならべ、剝げちょろ白粉の丸ポチャちらちら見ゆる。」とあって、ここで「あだし野や馬に食はるる女郎花《おみなえし》」という俳句を作っている。一々紹介することは出来ないが、この紀行の詳細を極めているのは実に驚くべき程で、途中の神社仏閣、地理風俗、旅館、建場茶屋、飲食店、諸種の見聞、諸物価など、ことごとく明細に記入してある。後日の参考に書き留めて置いたのであろうが、円朝ほどの落語家となれば、一編の人情話を創作するにも、これだけの準備をしている。彼が一代の名人と呼ばれたのも決して偶然でない。

その晩は真間田の駅で旧本陣の青木方に泊る。紀行に「この宿は蚊帳も夜具も清らかにて、快く臥しぬ。」とあるから、円朝も今夜は助かったらしい。読んでいても、やれやれと安心する。九月一日、半田川を渡って飯塚の駅に休み、それから小金井の駅へ出ようとする時、路に迷って難儀する。さんざん行き悩んだ末に二十町ほどの山を越えて、午後二時頃にようよう小金井の駅に辿り着いたが、眼がまわるほど空腹になったという。ここで飯を食って出ると、途中で夕立、雷鳴。その夜は石橋駅の旧本陣伊沢方に泊り、町へ出て盆踊を見物する。紀行に「昨年まで娼妓も踊に出でたるに、税金一夜に付き一人金二両二分を差出せとの布告ありしより、今年は懲り懲りして出る者無し。」とある。

二日は雀の宮を過ぎて宇都宮に着く。東京から五日間を費したわけである。ここでは午前十一時頃に手塚屋に泊る。豊竹和国太夫がここに興行中であると聞いて、その宿屋をたずねると、和国太夫も悦んで迎えて、思いがけなき面会なりと、たがいに涙をながした。紀行には「実に朋友の信義は言の葉に述べ難きものなり。」とて、その当時の光景を叙してある。円朝が多感の人であったことは、これで察せられる。

あくる三日は宇都宮を立って、日光街道にかかる。上戸祭村で小休みをすると、

「わが作話の牡丹燈籠の仇討に用いた十郎ヶ峰はここから西北に見える」とあるから、牡丹燈籠はこの以前の作であることが判る。今市駅の櫛田屋に休むと、同業三升屋《みますや》勝次郎の忰に出逢った。これは和国太夫と違って、長の旅中困難の体に見受けたので、幾らか恵んで別れて出ると、途中で大雨、大雷、ずぶ濡れになって日光の野口屋に着いた。四日は好天気で、日光見物である。これは例の筆法で詳細に記入、殆ど一種の日光案内記の体裁をなしている。その夜は野口屋に戻って一泊。五日は登山して、湯元温泉の吉見屋に泊る。日光の奥で夜は寒く、「行燈にわびし夜寒の蠅ひとつ」の句がある。

六日の朝はいよいよ沼田へ下ることになって、山越えの案内者をたのむと、宿の主人が大音で「磯之丞、磯之丞」と呼ぶ。紀行には「山道の案内者は強壮の人こそよけれ、磯之丞とは媚《なま》めきたる弱々しき人ならんと心配している折からに、表の方から入り来る男は、年ごろ四十一、二歳にて、脊《せ》は五尺四、五寸、頬ひげ黒く延び、筋骨太く、見上ぐるほどの大男、身には木綿縞の袷《あわせ》に、小倉の幅せまき帯をむすび、腰に狐の皮の袋（中に鉄砲の火道具入り）をさげ、客の荷物を負う連尺を細帯にて手軽に付け、鉈《なた》作りの刀をさし、手造りのわらんじを端折《はしょ》り高くあらわしたる毛脛の甲まで巻き附けたる有様は、磯之丞とは思われぬ人物なり」とある。磯之丞という名を聞いて不安心に思っていると、熊のような大男があらわれたので、大いに安心したというのも面白い。殊にその磯之丞の人品や服装について、精細の描写をしているのを見ても、円朝の観察眼に敬服せざるを得ない。この磯之丞はよほど円朝の気に入ったと見えて、塩原多助の話の中にもそのまま取入れてある。

この山越しは頗《すこぶ》る難儀であったばかりでなく、彼《か》の磯之丞の話によると、熊が出る、猪が出る。殊にうわばみが出るというので、供の伝吉はおどろき恐れて中途から引返そうと云い出したが、円朝は勇気を励まして進んだ。紀行には「何業も命がけなりと胸を据え」とある。わが職業については一身を賭《と》する覚悟である。この紀行の一編、読めば読むほど敬服させられる点が多い。

小川村という所まで行き着かず、途中の温泉宿に泊まる。ここにも山の湯の宿屋の光景について精細の描写がある。温泉は河原の野天風呂で、蛇が這い込んで温まっているのを発見して、驚いて飛びあがる。その夜は相宿の人々と炉を囲んで、見るもの聞くもの一々日記帳に書き留めるので、警察の探索方と誤まられて、非常に叮嚀に取扱われたなどという挿話がある。

七日の朝は磯之丞に別れて、村を過ぎ、山を越え、九里の道を徒歩して、目的地の沼田の町に行き着いた。宿は大竹屋。早速に主人を呼んで、塩原多助の本家はどこにあるかと尋ねると、原町という所に塩原という油屋があるから、兎《と》もかくも明日呼び寄せますという。明る八日の朝、宿の女房が原町の塩原金右衛門という人を案内して来た。年のころは六十二、三で、人品賤しからず、ひどく叮嚀に挨拶されて円朝も困った。紀行には「わたくしは東京長谷川町梅の屋の親類の者なり。少しお尋ね申したき事ありと、先ず日記の手帳を膝元に置き、初代多助の出生の跡は依然として在りやなど、さまざま深く問いけるに、その老人いぶかしく思いしか、恐る恐る申すように、先代塩原の家は当所より北の方（三里余）へ隔たりし下新田村と申すなりと、こまごまと物語り、わたくしは初代の甥にあたる金右衛門と申す者の家にて、下新田を出でて当今は当駅の原町にて油屋を業としていると聞き、あらあら事情も解りしが、云々」。

それから出発して、その夜は前橋駅の白井屋に一泊。九日には同駅の紺屋町に料理屋を営んでいる妹お藤をたずね、兄妹久々の対面があって、ここでも円朝は泣かされている。その夜はここに一泊して、十日の早朝から帰途に就く。例の筆法で帰途の日記も詳しく書いてあるが、その日は太田の駅に着いて、呑龍上人の新田寺に参詣、はせを屋に一泊。十一日は足利屋に着いて、原田与左衛門方に一泊。十二日は猿田川岸から舟に乗って栗橋に着き、更に堺川岸から舟を乗換えて、その夜は舟泊りとなる。蚊の多いのに困ったとある。十三日は流山、野田を過ぎて、東京深川の扇橋に着く。八月二十九日から十六日間の旅行である。

梅の屋の女将の話を聞いて、翌日すぐに出発は頗る性急のようでもあるが、その当時の習いとして、八月中は劇場、寄席、その他の興行物がすべて夏休みである。九月もまだ残暑が強いので、円朝などのような好い芸人は上半月を休むのが普通であった。その休業の時間を利用して、この旅行を企てたものと察せられる。この地方には総て汽車がないので、人力車又は舟の便を仮《か》るのほかなく、大抵は徒歩であったから、旅馴れない円朝は定めて疲れたことであったろう。

こういうわけで、最初は塩原家二代目三代目の怪談を作る予定が中途から変更して、初代の立志譚となったのである。その変更の理由は別に説明されていないが、恐らく梅の屋の女将の談話から何かのヒントを得た上に、更に沼田へ行って塩原家の遺族から昔話を聞かされ、却って初代の伝記に興味を感じるようになったのであろう。初代の塩原多助が江戸へ出て、粉炭を七文か九文の計り売りして、それで大きい身代を作りあげたのは事実で、現にその墓は浅草高原町の東陽寺内に存在したのであるが、詳細の伝記は判然していないらしく、彼の『塩原多助一代記』は殆ど円朝の創作で、大体は大岡政談の越後善吉を粉本にしたものであると云う。私も大方そうであろうと察している。

果して然らば、彼の有名な「馬の別れ」の件などは、なかなかよく出来ていると思う。勿論、これにも黙阿弥作の『斎藤内蔵之助の馬の別れ』という粉本が無いでもないが、多助の方が情味に富んで、聴衆を泣かせるように出来ている。私は運わるく、円朝の高坐で「馬の別れ」を聴かなかった。私の聴いたのは、お角婆の庵室へ原丹治とおかめの夫婦が泊り合せる件であった。

それについて思われるのは、円朝は人物の名を附けるのが巧いことである。又旅のお角などは先ず普通であるが、その子が胡麻の灰で道連れ小平、その同類が継立の仁助などは、いずれも好く出来ている。落語でも芝居でも、人名などは一種の附牒に過ぎないように思われるが、決してそうで無い。道連れの小平などという名を聞けば、いかにもそれが道中の胡麻の灰で、忌《いや》な眼を光らせて往来の旅人を窺っているらしく聯想される。こういう点にも、円朝は相当の苦心を払っていたらしい。

たとえ越後善吉があるにしても、斎藤内蔵之助があるにしても、それだけの粉本では十五席の長い人情話は出来あがらない。一席ごとに皆それぞれの山を作って、昨晩の聴衆を今晩へ、今晩の聴衆を明晩へと引摺《ひきず》って行かなければならない。その点は新聞の続き物と同様であるが、新聞は忌《いや》でも応でも毎日配達されて毎日読まされる。寄席の聴衆は自宅から毎晩わざわざ通って来るのであるから、よほど面白くないと毎晩つづけて来ることは無い。そこに多大の苦心が潜んでいるわけである。円朝をして今の世に在らしめば、その創意、その文才、いわゆる大衆作家としても相当の地位を占め得たと思う。

この旅行は、彼が三十八歳の秋であった。

四　塩原多助その他

円朝の『塩原多助』を初めて舞台に上せたのも、彼《か》の『牡丹燈籠』と同様、やはり春木座であった。その狂言名題は『塩原多助経済鑑』というのであったが、私はその芝居を観なかったので、詳しいことを知らない。いずれにしても『牡丹燈籠』と『塩原多助』を上演したのは春木座が初めで、歌舞伎座は後である。

歌舞伎座で初めて『塩原多助』を上演したのは、明治二十五年の一月興行で、名題は原作通りの『塩原多助一代記』その主なる役割は原丹次、塩原角左衛門（八百蔵、後の中車）、角左衛門の妻おせい、塩原の後家おかめ（秀調）、原丹三郎（菊之助）、娘お栄（栄三郎）、又旅お角、明樽買久八（松助）、塩原多助、道連小平（菊五郎）であった。円朝の原作では多助と小平が顔を合せる件が屢々《しばしば》あるが、菊五郎がその二役を兼ねる都合から、舞台の上では両者の出会う場面を作ることが出来ず、小平の活動する件は殆ど省略された。それが少しく遺憾であったが、役々はいずれも好評、取分けて例の「馬の別れ」が大好評で、この以来、塩原多助といえば直ぐに「馬の別れ」を思い出すほどに有名なものになってしまった。

その時に、いわゆる劇通連のあいだには、菊五郎の芝居よりも円朝の話の方が矢張り面白いという評があった。高坐の上では、あらゆる人物をことごとく円朝が話すのであるが、舞台の上では、あらゆる人物を菊五郎が勤めるわけには行かない。大抵は菊五郎以下の俳優が勤めるのであるから、興味はそれだけ減殺される結果に陥るというのである。しかも一般の観客はそんなことに無頓着で、この興行は大入り大当りであった。原作者の円朝も頗る得意で、その一門の三遊派落語家数十名を率いて見物した。

ついでに記すが、この時の中幕は『箱根山曾我初夢《はこねやまそがのはつゆめ》』で、工藤祐経が箱根権現に参詣し、その別当所で五郎の箱王丸に出会い、例の対面になるという筋であったが、その道具が居所替りで信州軽井沢の八幡屋という女郎屋になり、屛風のなかに一番目の道連小平が寝ている。祐経と小平は菊五郎の早替りである。そこへ栄三郎の女郎おあさが出て来ると、小平はそれを相手にして曾我に因んだ口上茶番のようなことを云う。勿論、『塩原多助』の本筋には何の関係もないのであるが、こういう一種の趣向がその当時の観客に喜ばれた。この狂言も中幕も三代目河竹新七の作である。三代目の新七は二代目（黙阿弥）に及ばなかったが、流石はその高弟だけに、師匠の作風をよく学んでいた。

『塩原多助』が大当りを取ったので、その盆狂言には『牡丹燈籠』を上演することになったのである。それも好評であったことは前に云った。座方も俳優もそれに味を占めて、翌二十六年一月の歌舞伎座では『安政三組盃《あんせいみつぐみのさかずき》』を上演した。これは松林伯円の講談に拠ったもので、人情話の好評から更に講談物の脚色に及んだのである。今日、映画の劇化が行われるように、その頃は寄席の読物の劇化が行われる時代であった。

この講談は町奉行所の与力鈴木藤吉郎を主人公として、それに上野の寺侍杉田大内蔵と柳橋の芸妓小染を配したもので、『三組盃』の題名はこの三人を意味するのであった。菊五郎は藤吉郎と馬丁幸吉の二役をつとめ、家橘（羽左衛門の父）が大内蔵、福助（歌右衛門）が小染を勤め、これも役々の評判がよかった。取分けて菊五郎は主人公の藤吉郎よりも、二役の馬丁幸吉の方が好評で、五幕目小村井梅屋敷の場で主人の跡部甲斐守（松助）に嚇《おど》されたり賺《すか》されたりして、藤吉郎の秘密を口外する件は、松助の跡部と共に大当りであった。但しこの狂言も春木座が先で、歌舞伎座はあとである。

『三組盃』の作者はやはり三代目新七であったが、大切《おおぎり》の浄瑠璃に『奴凧』が上演された。この浄瑠璃が黙阿弥の絶筆である。菊五郎が奴凧を勤めるに就《つい》て、座方では去年の『牡丹燈籠』以上の宣伝法を案出し、一月六、七日の両日、浅草の凌雲閣、新橋の江木の塔、芝愛宕山《しばあたごやま》の愛宕館の三ヶ所から歌舞伎座の印を捺《お》した奴凧数百枚を放ち、それを拾って来たものには無料で見物させることにした。

『塩原多助』が当り、次で『牡丹燈籠』が当り、更に『三組盃』が当ったので、盆と正月には寄席の読物に限るという風になって、その七月の歌舞伎座では、又もや円朝の安中草三《あんなかそうぞう》を上演することになった。作者は三代目新七、名題は『榛名梅香団扇画《はるなのうめかおるうちわえ》』といい、主なる役割は恒川半三郎（左団次）、妙義四郎蔵（松助）、安中草三、溝呂木の幸吉（菊五郎）、人来鳥のお歌（栄三郎）で、この興行には団十郎も出勤し、中幕の上『繿縷錦』大晏寺堤は団十郎の春藤次郎右衛門、左団次の嘉村宇田右衛門、菊五郎の高市武右衛門、中幕の下『水滸伝雪挑《すいこでんゆきのだんまり》』は団十郎の九紋龍史進、左団次の花和尚魯知深という役割。殊に大晏寺堤は団菊左の顔合せで、開場前の噂はなかなか高かったが、さて初日を出してみると客足が思わしからず、通し狂言の『安中草三』も在来の円朝物ほどに面白くないと云う不評で、この興行はさんざんの失敗に終った。それに懲りたとみえて、歌舞伎座もその翌二十七年の一月興行には寄席の読物を出さなかった。

しかも菊五郎と円朝物とは離れぬ因縁が結ばれたらしく、二十八年一月の新富座では又もや円朝の『粟田口《あわたぐち》』を上演した。名題は『粟田口鑑定折紙《あわたぐちきわめのおりがみ》』主なる役割は小森新之丞、下男丈助（菊五郎）、大野惣兵衛（市蔵）、荷足の仙太（猿之助）、稲垣小左衛門、矢切村のおしの（松助）、稲垣小三郎（菊之助）、小三郎の妻おみよ（栄三郎）

等で、矢切村の丈助殺しが見せ場であった。稲垣の下男丈助が悪人に語らわれて主人を破滅に陥れ、素知らぬ顔で矢切村の実家へ立寄ると、母のおしのは已《すで》にその秘密を知っていて、わが子にだまされたような顔をしながら、不意に短刀を丈助の脇腹に突き立てる。丈助は手負になってから本心に戻り、悪事を懺悔して落入るという筋で、円朝の原作が已に『千本桜』の権太を粉本にしたものであるが、菊五郎がそれに扮していよいよ権太化してしまった。それでも松助のおしのと相俟《あいま》って、息もつけないような面白い芝居を見せていた。この時は中幕に『鎌倉三代記』が出て、菊五郎の三浦、福助の時姫、芝翫の佐々木という顔揃いで、それも一つの呼び物となった為か、興行成績は頗る好かった。

そこで、新富座ではその年の十月興行に又もや円朝物の『名人長次』を出すことになった。いつの代でもそうであるが、一つ当ると兎角に追い掛けたがるのが芝居道の癖である。円朝の続き話には外国の翻案物が数種あるが、これもモウパッサンの『親殺し』の飜案で、円朝の作としては余り面白いものではなく、円朝物もだんだん猟り尽された形であった。狂言の名題は『指物師《さしものし》名人長次《めいじんちょうじ》』、主なる役割は坂倉屋助七、長次の弟子兼松（松助）、坂倉屋の娘おしま（福助）、亀甲屋幸兵衛（市蔵）、幸兵衛の女房おりう（秀調）、指物師長次（菊五郎）等で、差したる見せ場もない芝居だけに問題にもならなかった。

三十年十一月には、菊五郎が市村座で『塩原多助』を再演している。今日と違って、五、六年間に同じ狂言を繰返すのは、よくよくの当り狂言でなければならない。菊五郎の塩原多助が如何《いか》に人気を呼んでいたかが想像される。但し二度目であるために、通し狂言とはしないで一番目に据え、菊五郎は多助の一役だけを勤めて、道連れ小平の件は省いていた。

円朝物が行われるに従って、各所の小劇場でもそれを上演するものが少くなかった。三十年九月には中洲の真砂《まさご》座で『乳房榎』を上演し、翌三十一年二月には同座で『真景累ケ淵』を上演した。いずれも座附作者の新作で、作者は竹柴万治であったように記憶している。前者は一種の怪談物で、柳川重信（菊五郎）、重信の妻おきは（秀調）、磯貝浪江（八百蔵）、下男庄助（松助）で上演の噂もあったが、若手の役が無いのと、大体の筋がさびしいのとで、上演の機会を失っていたものである。後者は近年、六代目菊五郎によって上演され、梅幸の豊志賀、菊五郎の新吉、いずれも好評を取った。

三十二年十二月の歌舞伎座で『鏡池《かがみいけ》操《みさおの》松影《まつかげ》』を上演した。これも円朝物の江島屋騒動である。主なる役割は江島屋治右衛門（蟹十郎）、江島屋治兵衛（家橘）、番頭金兵衛（松助）、後家おとせ（八百蔵）、治兵衛女房お菊（福助）、嫁お里（栄三郎）等で、江島屋を呪っている後家おとせの家へ番頭金兵衛が来合わせる件が、一日中の見せ場となっていたが、他はいたずらに筋を運ぶのみで劇的の場面が少く、時は歳末といい、俳優も中流であったので、かたがた不評の不入に終った。

その翌年、三十三年八月に円朝は世を去ったのである。その年の十一月、春木座で円朝物の『敵討札所の霊験《かたきうちふだしよれいげん》』を上演した。主なる役割は水司又市（市蔵）、白鳥山平（稲丸）、おやま（莚女）、おつぎ（九女八）等で、これも差したる問題にならなかった。このほかにも、円朝物で脚光を浴びたものには『舞扇恨之刀《まいおうぎうらみのかたな》』『業平文治漂流奇談』『緑林門松竹』等々、更に数種に上るのであるが、小さい芝居は一々ここに挙げない。

かくの如くに、円朝物の劇化が屢々行われたにも拘らず、その歿後には一向に舞台に上らなくなった。それを話す人がこの世にいなくなっては、興行価値が乏しい為であろうか。その人去った後は、その続き話も自然に忘れられた為であろうか。実際、円朝の話も大かたは忘れられて、その代表的作物として『塩原多助』『牡丹燈籠』『真景累ケ淵』等が舞台の上にも繰返され、一般人にも記憶されているに過ぎない。

五　団十郎の円朝物

以上列挙したところに拠ると、大劇場で円朝物を上演したのは、殆ど五代目菊五郎の一手専売というべきである。それは人情話の性質上、すべてが世話狂言式の物であるから、団十郎や左団次の出し物には適しない。もう一つには、菊五郎と違って団十郎等は、人情話の脚色物などを喜ばなかった為でもある。

併《しか》し団十郎等も全く円朝物に手を着けないわけでもなかった。左団次は前にも云った通り、菊五郎の安中草三に附合って、恒川半三郎の役を勤めている。猶その以前、即ち彼の『塩原多助』『牡丹燈籠』などが菊五郎によって上演されない頃、明治十九年の新富座一月興行に於て団十郎と左団次は已に円朝物を上演しているのである。それは『西洋話日本写絵』という六幕十五場の長編で黙阿弥が七十二歳の作である。勿論、黙阿弥一人の筆に成ったのではなく、門下の新七や其水も手伝ったのであろうが、七十二歳にしてこの作あり、その後にも『加賀鳶』『渡辺崋山』『花井お梅』その他の長編を続々発表しているのを見ても、黙阿弥の老健が思いやられる。外国の例はしばらく措き、日本でも近松といい、南北といい、黙阿弥と云い、いずれも筆を執っては老健無比、まことに畏るべきである。

この『西洋話』は円朝の『英国孝子伝』を脚色したもので、原作は矢はり若林坩蔵の速記本として、彼《か》の『牡丹燈籠』などと同様、日本紙綴りの分冊として発行されたのである。したがって番附のカタリの中にも『若林坩蔵子が速記法にて綴りし絵本を、初席の種に仕組みし新狂言』と記してある。この時代には『速記法』などという名称が耳新しく感じられたのであった。英国の小説を福地桜痴居士が円朝に口授し、それに拠って円朝が飜案したもので、外国種だけに明治時代の話になっている。その主人公の孝子ジョン・スミスを清水重次郎という名で市川小団次が勤めた。小団次は晩年あまり振わなかったが、その当時は新富座の花形であった。

他の役割は春見丈助（団十郎）、井生森又作、家根屋清次（左団次）、丈助の娘おいさ（源之助）、重次郎の姉おまき（秀調）で、団十郎の丈助は川越藩の家老である。維新後に上京して宿屋を開業したが、士族の商法で思わしくない。そこへ旧藩地の百姓助右衛門が何かの仕入れに三千円を携えて上京し、旧藩の関係で丈助の宿屋に滞在すると、丈助は助右衛門をぶち殺して三千円を奪い、その死体の始末を友人井生森又作に頼む。団十郎が勤める役だけに、同じ貧乏士族でも筆売幸兵衛などのようにじめじめしているのでは無い。積極的に相手をどしどしぶち殺して、その当時では大金というべき三千円を着服して涼しい顔をしている。

その友人の又作なる者も同じく貧乏士族であるが、これも金になるなら何でも引受けると云って、助右衛門の死体を行李詰《こうりづめ》にして人力車に積み込み、上州沼田在の川に捨てる。その車を挽いて行った車夫が怪んで強請《ゆす》りかけると、又作はおどろかず、車の蹴込みの板を取って車夫をぶち殺して立去る。揃いも揃ってきびきびしているのは、流石に団十郎と左団次の芝居で、センチメンタリズムなどは微塵もなく、いずれも徹底したものである。又作はそれを種にして、丈助の家へたびたび無心に来るので、丈助は面倒になって、これをも殺してしまうのである。

こんな話ばかりでは人情話どころか、不人情話と云うべきであるが、曩《さき》に殺された助右衛門の娘おまきと忰重次郎、この姉弟が父のかたきを尋ねる苦心談があり、結局は丈助が前非を悔いて切腹し、めでたしめでたしに終ることになっている。新富座でどうしてこんな物を上演することになったのか、私はその事情を知らないが、円朝物の速記本が流行するので、その脚色を思い付いたのであろう。さりとて『牡丹燈籠』

『塩原多助』のたぐいはこの一座に不向きであるので、団十郎や左団次に出来そうな物という註文から、この『西洋話』が選抜されたものらしい。

前年以来、新富座は兎角に不入続きであったので、団十郎は一番目に石川五右衛門、中幕に『八陣』の加藤、二番目が『西洋話』の丈助を勤め、大切浄瑠璃に『かっぽれ』を踊るという大勉強に、先ず相当の成績を収めたが、二番目の円朝物は好評でなかった。それでも十年後の明治二十九年十一月、明治座で再演された。役割は井生森又作、家根屋清次（左団次）、春見丈助（権十郎）、娘おいさ（莚女）、清水重次郎（米蔵）、姉おまき（秀調）で、左団次と秀調が初演以来の持役である為に、この狂言が選抜されたらしいが、その後どこの大劇場でも重ねて上演しないので、円朝物の中でも忘られた物の一つとなった。

私は余りに多く円朝を語り過ぎた観があるが、なんと云っても円朝が明治時代における落語界の大立者で、劇方面にも最も関係が多いのであるから已《や》むを得ない。これから転じて他の落語講談の舞台との関係を説くのであるが、これは非常に範囲が広い。江戸時代には小説作者と狂言作者とのあいだに一種の不文律があって、非常に大当りを取った小説は格別、普通は小説を劇化しない事になっていた。互いに相侵さざるの意であったらしい。しかも天保以後にはその慣例がだんだんに頽れて来た。それと同時に、講談や人情話を脚色することも流行して来た。黙阿弥が二代目新七の頃、仮名垣魯文と共に葺屋町の寄席へ行ったことがある。そのとき高坐に上った玉屋栄次（二代目狂訓亭と自称していた）が聴衆に向ってこんな事を云った。

「わたくし共の話をお聴きになるのは、お笑いの為ばかりでなく、色々とお為になることがございます。現に今晩も狂言作者で名高い河竹其水（黙阿弥の俳名）さん、劇作で売出しの鈍亭魯文先生なぞがお見えになって居ります。この先生方もわたくし共の話を聴いて、御商売の種になさいますので……。」

彼は黙阿弥と魯文の坐っている方を見ながら云ったので、他の聴衆も一度に二人を見返ると、魯文はにやにや笑っていた。黙阿弥はむっとして起って帰った。ここにも魯文と黙阿弥の性格がよく現れているように思われる。高坐の上でそういう形式の自己宣伝を試みるのは穏当でないが、栄次も無根のことを口走ったのでは無い。実際その当時の戯作者や狂言作者が寄席の高坐から種々の材料を摂取していたのは、争いがたき事実であった。唯その人情話や講談のたぐいを小説化し又は戯曲化する場合に、どれだけ自己の創意を加えるかは、その作家の技倆如何に因るのであった。黙阿弥などの作には自己の創意が多量に加わっているのが多い。そんなわけであるから、江戸末期から明治の初年に亘る各種の世話狂言について、一々その出所を寄席の高坐に求めることになると、恐らくその多きに堪えないであろう。

六　柳桜と燕枝

黙阿弥の作で屢々上演を繰返される世話狂言の一つに『髪結新三《かみゆいしんざ》』がある。五代目菊五郎が初演以来の当り狂言で、現在の六代目も幾たびか舞台の上に復活している。書きおろしは明治六年、中村座の六月興行で、名題は『梅雨《つゆ》小《こ》袖昔《そでむかし》八丈《はちじょう》』という。原作は四幕十一場であるが、大詰の町奉行所などは初演だけに留まって、再び舞台に上らない。

誰も知るごとく、この劇の見せ場は二幕目の深川富吉町新三宅の場で、菊五郎の新三と中村仲蔵の家主長兵衛が大好評を博したのである。作としても黙阿弥の作中で屈指の傑作と称せられている。しかもこれは黙阿弥の創作ではなく、やはり寄席の高坐から移植されたもので、春錦亭柳桜の人情話である。

柳桜は前名を柳叟と云ったように記憶している。江戸末期から明治の中期にわたる人情話の真打株で、円朝ほどに華やかな人気はなかったが、江戸以来の人情話の本道を伝えているような、手堅い話し口であった。したがって、一部の人からは旧いとも云われたが、その『四谷怪談』の如き、円朝とは又別種の凄みを帯びていた。彼の『髪結新三』も柳桜が得意の読物であった。私は麴町の万長亭で、柳桜の『髪結新三』を聴いたことがあるが、例の鰹の片身を分けるという件は、芝居と些《ち》っとも違わなかった。して見ると、この件は黙阿弥の創意をまじえず、殆ど柳桜の口演をそのままに筆記したものらしい。ひとり円朝ばかりでなく、昔の落語家で真打株となるほどの人は、皆このくらいの才能を所有していたのであろう。

私は明治五年に生まれたのであるから、固《もと》より『髪結新三』の初演を知らない。五代目菊五郎の新三を初めて観たのは明治二十六年五月の歌舞伎座である。書きおろしの仲蔵は長兵衛と弥太五郎源七の二役を勤めたのであるが、この時は先代左団次が源七を勤め、松助が長兵衛をつとめていた。左団次の源七は不評であったが、松助の家主は仲蔵以来の出来と称せられて、やはり富吉町の新三宅が呼び物となっていた。しかも私は世評の高い割合に、この場を面白いとは感じなかった。先入主の関係があるのかも知れないが、私には高坐で聴いた柳桜の話の方が面白いように思われてならなかった。新三と家主との鰹の対話の呼吸などは、柳桜の方が確に巧かった。こう云うと、私は黙阿弥の作にケチを附け、併せて菊五郎と松助の技芸にケチを附けるように思われるかも知れないが、兎もかくも春錦亭柳桜という落語家がなければ、この当り狂言は生まれ出でなかったであろうと云うことだけをはっきりと云って置きたい。落語家の柳桜は薄暗いランプの寄席で一生を終って、今はその名を記憶する者も少い。黙阿弥や、菊五郎や、松助や、いずれも名人の誉れを後世に残している。それに対して一種の感慨がないでも無い。

大岡政談の中で最も有名なのは天一坊であろう。これも黙阿弥作の『扇音々《おうぎびょうし》大岡政談』によって、今も屢々上演を繰返されているが、その原作は神田伯山の講談である。伯山はこの講談の創作に苦心し、殊に紀州調べに遣わしたる家来等が容易に帰らず、百日の期日が尽きんとして越前守が切腹を覚悟するところへ、白石治右衛門、吉田三五郎の二人が馳せ着ける一節は、大いに肺肝を砕いたと伝えられる。舞台で観てもここが一日の見せ場である。私は高坐で伯山の『天一坊』を聴いたことが無いので、高坐と舞台との間にどれだけの相違があるかを知らないが、物が物だけに、これは『髪結新三』などの世話物とは違って、原作以上に劇化されているものと察せられる。

この狂言を初演の当時、越前守を勤める坂東彦三郎と作者黙阿弥とのあいだに衝突あり、黙阿弥は脚本を取返して立帰ろうとするのを、座主の守田勘弥等が仲裁して無事に納まったという。彦三郎が座頭の位地と人気を恃《たの》んで、脚本改竄の我儘を主張したが為である。彦三郎といえども黙阿弥には敵し得ない。結局屈伏して原作の通りに上演することになったが、この狂言は非常の好評であったと云えば、彦三郎もいよいよ屈伏したであろう。黙阿弥も定めて痛快を感じたであろう。この初演は明治八年一月の新富座で、主なる役割は大岡越前守（坂東彦三郎）、天一坊、白石治右衛門（尾上菊五郎）、山内伊賀之助、吉田三五郎（市川左団次）等であった。

明治以後の黙阿弥作として最もよく知られているものに『河内山』がある。明治十四年三月の新富座初演で、名題は『天衣紛《くもにまがう》上野初花』と云うことになっているが、黙阿弥は明治七年十月の河原崎座で『雲上野三衣策前《さんえのさくまえ》』の名題の下に同じ題材を取扱っている。要するに『上野初花』は『雲上野』の改作である。これも原作は松林伯円の講談であるが、舞台と高坐とは大いに相違し、単に原作の人名と略筋を借りただけで、殆ど黙阿弥の創作と云っても好いほどに劇化されている。今日屢々繰返される大口の寮の場の如きは、たとい寺西閑心や鳥目の一角の焼き直しであろうとも、講談以外の創作であることを認めなければならない。この作がこれほど有名になったのは、新富座の初演当時、河内山宗俊（団十郎）、片岡直次郎（菊五郎）、金子市之丞（左団次）、大口屋の三千蔵（岩井半四郎）という顔揃いで、いずれも好評を博したと云うことも、確に一つの原因であって、若《も》し第二流の俳優によって上演せられ、その当時差したる評判も無くて終ったらば、恐らく舞台の上に長い生命を持続し得なかったであろう。默阿弥の作としては、余りに高く評価すべき種類のもので無い。

落語界に於て三遊亭円朝に対峙したのは柳亭燕枝である。円朝一派を三遊派といい、燕枝一派を柳《やなぎ》派と称し、明治の落語界は殆どこの二派によって占領されているような観があった。殊に燕枝は非常な好劇家で、常に団十郎の家にも出入し、団十郎の俳名団洲に模して、みずから談洲楼と号していた。円朝は温順な人物であったが、燕枝は江戸子肌の暴っぽい人物で、高坐における話し口にもよくその性質をあらわしていた。好劇の結果、彼は落語家芝居をはじめ、各劇場で幾たびか公演して人気を取ったこともある。

燕枝も円朝と同様、文字の素養があって俳句などをも善くした。したがって、自作の続き話も多かったが、速記本などには余り多く現れていないようである。彼が得意とする人情話には、悪侍や無頼漢が活動する世界が多く、何となく円朝は上品、燕枝は下品であるかのように認められたのは、彼として一割方の損であったかも知れない。燕枝は明治三十三年二月十一日、六十八歳を以て世を去った。彼は円朝よりも五歳の兄で、円朝と同年に死んだのである。三遊派も柳派も同時にその頭領をうしなって、我が落語界も漸く不振に向うこととなった。

燕枝の人情話の中で、彼が最も得意とするのは『嶋千鳥《しまちどり》沖津白浪《おきつしらなみ》』であった。大坂屋花鳥に佐原の喜三郎を配したもので、吉原の放火や、伝馬町の女牢や、嶋破りや、人殺しや、その人物も趣向も彼に適当したものである。これは明治二十二年六月、大坂屋花鳥（坂東家橘）、梅津長門（市川猿之助）、佐原の喜三郎（中村駒之助）等の役割で、通し狂言として春木座に上演された。

以上のほかにも、講談又は人情話の劇化されたものは沢山ある。ここでは最も有名な物のみを紹介したに過ぎない。劇場で講談又は人情話を上演するのは、あながちに題材に窮した為ではなく、寄席の高坐で売込んだものを利用するという一種の興行策である。講談師や落語家も自分の読み物を上演されることを喜んだ。これも一種の宣伝になるからである。要するに、寄席と芝居と、たがいに持ちつ持たれつの関係で、高坐の話が舞台に移植されたのである。それも前に云う通り、円朝燕枝等の歿後は殆ど絶えた。

今日では寄席の高坐が映画館のスクリーンに変って、映画のストーリーが舞台に屢々移植されるようになった。これも時代の変化である。唯それを劇化する人々が如何なる態度を以てそれに臨むか。映画をそのままに伝えるか、或《あるい》は自己の創意を加えるか。それに因って劇作家の価値もおのずから定まるのであろう。

明治以後の黙阿弥翁

一

河竹黙阿弥翁は、明治二十六年の一月二十二日、七十八歳を以て長い一生の事業を終った。

私の古い日記によると、この日は日曜日で、朝から西北の風が強かった。銀座辺でも手水鉢《ちょうず》にあつい氷が張った。この寒い風は午後三時二十分頃から浅草西鳥越に火を吹き起して、全焼百六十七戸、鳥越座――旧の中村座――もまたこの禍を逃れることが出来なかったと記してある。黙阿弥翁の臨終は午後の四時頃であったと伝えられているから、翁が著名の作の一という『高時天狗舞』を初めて上場した劇場が、今や猛火に亡ぼされつつある時に、翁もおなじく亡びたのであった。猿若勘三郎の系統をひいた鳥越座の古い櫓は、焼跡の灰に埋められたままで、再興することが出来なかった。

翁も釈黙阿居士と改名して、同じく冷たい灰となった。

この三月には市村座も焼けた。明治二十六年という年は東京の劇界に取っては厄年であった。羽左衛門の父の家橘も死んだ。

伝うる所によれば、黙阿弥翁の臨終は極めて平静であったという。私もそうであったものと固く信じている。個人としての翁は家庭にも世間にもなんの不足も無くして、安らかに眠ったに相違ない。しかも嘉永から明治に亘って、劇界に権威を有していた劇作家としては、その晩年は頗る荒涼たるものではなかったろうか。明治十四、五年以後の黙阿弥翁は、おそらく彼が子孫や門弟によって描き出されているような春風駘《しゅんぷうたい》蕩《とう》の図ではなかったと想像される。謹慎の二字を生涯の守りとしていた翁にあっては、おそらく周囲のものに対しても滅多に愚痴も不平も洩らさなかったであろう。しかしこれは多弁と沈黙とを以て決定せらるべき問題ではない。俎上《そじょう》の魚が叫ばぬというを以て、かれに不平が無いと認めるのは人間の手前勝手である。翁はおそらく叫ばなかったであろう。叫ばなかった所に、我々は無限の悲痛を感ずるのをとどめ得ないのである。

明治以前の黙阿弥翁については世既に定評がある。わたしは晩年に就ていささか云いたい。

三百六十諸侯が頭を下げること無しには通ることが出来なかった上野の山に対して、一たび大砲の火蓋が切られると同時に、あらゆる江戸の事物はその故郷と別離を告げた。芝居と吉原と、この最も密接な関係を持っていた両者のうちで、吉原は明治五年の解放以来、まったく新しい世界に移ってしまったが、芝居はまだ移らなかった。芝居は世間見ずの懐ろ子のように、所詮は去らねばならぬ運命を恐れつつも、やはり故郷の土に恋着していた。

明治五年に、翁は『ざんぎりお富』をかいた。勿論、舞台は昔の江戸に取ってあるが、ざんぎりという流行詞を取入れてあるところが注目に値する。ざんぎりという詞は江戸時代にも用いられてはいたが、東京という新らしい名と共に広く世に行われた産物であることは誰も知っている。そのざんぎりという詞を台帳に初めて書いたのが、翁が新しい方へ動き初めた前提であるらしく見えた。翁がはじめて明治の時代に世界を取った作物は、翌年守田座における『東京日日新聞』であった。これは不評のうちに葬られたと伝えられている。その翌年には『三人片輪』を書いた。これも不評であったという。勿論、営利的の興行者と相談のうえで筆を執ったそれ等の際物めいたものに対して、兎《と》やかく云うのは気の毒であるかも知れぬが、これ等の作が見物に悦ばれなかったのは、それが眼馴れないざんぎりの世界であったと云うこと以外に、作者も責任を負わねばならなかった。翁は新しい方へ動いたように見えて、実は動いたのではなかった。

わたしは今ここで明治の演劇史を書こうと云うのではない。又、黙阿弥翁の伝記を書こうと云うのでもない。そんなことを一々列べていると、読む人も書く人もいたずらに面倒を感ずるばかりである。これからは大握みに明治時代における翁の作物全体について少しく云いたいと思う。

黙阿弥翁が世に劇作の大家と宣伝せらるる所以《ゆえん》はどこにあるか。これは観る人によって思い思いの議論もあろうが、私一個の考えでは翁の長所ともいうべきものは勿論その着想でない。その脚色でもない。翁はおそらく何等かの概念があって筆を取ったと云うような例はあるまいと思われるが、私はこれを以て翁を難じようとはしない。しかもその筋立の余り巧妙でないと云うことは翁に取って頗る不利益であった。どの脚本の筋立もいたずらに事件を紛糾させることにのみ努めて、所謂《いわゆる》さらりとした味いに乏しいのを私は甚《はなは》だ遺憾とする。翁は生ッ粋の江戸っ子でありながら、その点はあまり江戸っ子でなかった。わたしは一代の大家として翁を尊敬しながらも、この薩摩汁のようなものに箸を着けるのを躊躇する場合が往々あることを自白する。翁はあれほどの大家でありながら、脚色に於てはあまりに巧みな人ではなかった。

翁を弁護する人はこう云った。

「今と昔とは芝居が違います。むかしは一座の役者に皆それぞれの見せ場をあてがって遣らなければなりません。それには何うしても無駄な場面をこしらえたり、こぐらかった筋も立てなければなりません。さらりとした筋を立てたのでは、みんなの役が出来ません。」

私はその弁護を肯《がえ》んじなかった。私がこの場合に用いる「さらりとした」と云う詞は、平々坦々湯を飲むようなものと云う意味ではない。いつの世にも湯を飲むようなものが面白い道理はない。ここでその意味をくどく説明するよりも、二、三の例を引いた方が早くわかる。並木五瓶の『五大力』、瀬川如皐の『切られ与三』、『うわばみお由』、黙阿弥翁自身の『村井長庵』と云うたぐい、これ等が私のいうさらりとして面白いものの部に属する。これらとても今日の眼からみれば、好加減にごたついてはいるが、それと同時代の他の産物に比較すれば確かに水際立っている。垢ぬけがしている。江戸の侍と勤番の侍ぐらいは違う。憾むらくは、黙阿弥翁の作にはこういう味いのものが多くない。

では、お前はどういう点について、翁の靴の紐を解くのか。

わたしは左のごとく答える。

翁の作物はその内容がごたごたしている——このごたごたは豊富とか充実とか云う意味でないことは勿論である。先ず錯雑とか紛糾とか云うたぐいであろうか。——にも拘らず、翁の世話物の舞台を観、又はその脚本を読むと、場ごとの舞台の上に一種江戸式の空気がながれている。人物の上ばかりではない、その持っている花の一枝も、屋体の隅にころがしてある土瓶の一つも、表できこえる飴屋の笛も、屏風に貼ってある錦絵一枚も、すべてがその気分を助くべき重大の使命を果している。この点に於て、翁は他と懸絶した世界を持っていた。随分世間にありふれた脚本のなかには、それを名古屋へ持って行っても、三州豊橋へ持って行っても、格別差支えないようなものが多い。しかも翁の舞台は江戸に限られていた。俳句で云えば「題が動かぬ」という強味を持っていた。翁の長所はここにあった。世話物を得意とした所以もここにあった。

と云ったら、何だ、それだけのことかと笑う人があるかも知れぬ。が、それだけのことが満足に出来る人、それだけの舞台技巧に富んだ人、それは黙阿弥翁のほかに無かった。それだけのことが出来れば、わたしは立派にその人を尊敬してもいいと思う。諸君が若し広重の絵画を褒めるならば、同時にわが黙阿弥翁の作を褒めてもよかろうと思う。

二

前にも云った通り、翁が料理の原料はやや田舎料理に近いものであったが、これに山葵や防風や生海苔などを巧みにあしらって、膳や椀や箸にまで意匠を凝らしたので、人は皆これを江戸前として賞翫した。翁自身もこれを得意としていたらしい。が、これは江戸にうまれて江戸に生きていたおかげであったとも云える。江戸のまん中に産れて、江戸に何十年住んで、その人に相当の文才があったとすれば、その作物に江戸式の空気があらわれているのは、自然の道理だとも云える。要するに、翁はその一群のうちでも最も色彩の濃い人であった。観察力の強い人であった。文藻の豊富な人であった。

翁は飽までも江戸の作者であった。

その江戸も東京と変った。比較的にあゆみの遅い芝居の世界にも、薄い、勿論極めて薄い光がぼんやりと投げられた。芝居の見物もまた変って来た。むかしは勤番者と嘲けられた人々が、最も高価の桟敷代を払って、舞台を見おろす大切の御客様となった。江戸っ子の多くは零落した。芝居の世界は薄暗いながらに少しく動揺し始めた。

憚りなく云えば、翁は当時に於て、彼の「野暮な屋敷の大小捨て」た江戸の侍と共に、その筆を捨つべき時であることを感じたかも知れなかった。たとい翁自身にはそう云う自覚が無かったとしても、若し他に新しい有力の作者があらわれたら、或はその筆を捨つべく、余儀なくされたかも知れなかった。しかもその当時には翁を凌ぐほどの強い作者はなかった。如皐は既に衰えていた。翁の門下のうちでも三世新七や其水はまだ若かった。翁は依然として作者部屋の帝王であった。

所謂文明開化の潮流は、すさまじい勢《いきおい》を以て日本中に漲《みなぎ》った。殊に東京はその奔流が急激であった。江戸っ子の多くは牛肉を食って、トンビを着た。

翁の運命はもうこの時に定まっていた。江戸の作者が江戸の空気を離れて生きられる筈がなかった。幸いにここに守田勘弥なる人物が出現して、かの新富座全盛時代が眼前に開かれた。翁に取っては掉尾の一振ともいうべきであるが、所詮は強弩の末であった。翁の才筆も厳島のゆう日をまねく清盛の扇であった。

翁が明治年間における作物だけでも、脚色と創作とを合して百八十余種にのぼると伝えられている。量に於ては殆ど天下無比と云ってよい。しかも舞台を明治に取ったものは殆どみな失敗であったように思われる。

『富士額男女繁山《つくばのしげやま》』（女書生）
『人間万事金世中』（リットンの飜案）
『霜夜鐘十字辻占』（窮士族、按摩等）
『木間星箱根鹿笛』（神経病の怪談）
『島鵆月白浪』（島蔵と千太）
『満二十年息子鑑』（徴兵の狂言）
『恋闇鵜飼燎』（芸者小松）
『月梅薫朧夜』（箱屋殺し）

これらがその重《おも》なるものであるが、興行の当り不当りは別問題として、作としてはいずれも思わしからぬものであった。故人団十郎は曾《かつ》て私にむかって「河竹のざんぎり物では霜夜鐘なぞが一番良い方でしょう」と云ったが、わたしは首肯することを躊躊した。私は寧ろ『島衛』の方を取ると云った。

なぜ黙阿弥翁は明治を舞台とした作物にことごとく失敗したか。これは翁が江戸の人で、東京の人でなかったと云う根本の相違から来たのであるが、もう一つの原因は、少しも作風を新たにしなかったと云うことにある。由来いずこの劇作家でも小説家でも、その文学的生涯を第一期、第二期、若くは第三期に区別されるのが多いようであるが、黙阿弥翁には殆どそれが無い。翁が三十九歳にして初めて筆を執ったという『昇鯉滝白旗』から、その絶筆と伝えられる七十七歳の作『奴凧』の浄瑠璃に至るまで、約四十年間の作物は殆ど終始一貫、実に些の変化もなかったと云ってよい。褒めていえば、翁は少しも動揺しなかった。悪く云えば、翁は少しも進歩しなかった。小猿七之助や弁天小僧を書いた時と、同じ態度、おなじ筆法を以て、悠然と明治の舞台へ乗り込んで来た。そうして、明治の材料を取って明治の舞台に上せた。ざんぎり頭の人間が依然として所謂「厄払い」の名句を歌っていた。

お嬢吉三が大川端の春の夜にたたずんで、「月もおぼろに白魚の」と歌い出したときに、我々は一種の詩趣をおぼえる。しかも世界を明治に取った『鵜飼燎』で、芸者小松がその情人と割台詞で「がッくり島田のつづら折、それもほどいて掻き上げる、箱根の山の玉櫛笥」などと語っているのを聞いた時に、われわれは一種の苦笑を洩らさずにはいられない。面白いとばかりは云っていられない。しかも翁は更にこれを怪まなかった。当時の見物もまた怪まなかったかも知れない。しかしそれが永続すべき筈のものでない。芝居を別世界と心得ている習気の脱しない時代とは云いながら、翁は依然として三人吉三や、弁天小僧を以て明治の材料に対していたのは、余りにマンネリズムに囚われすぎていた。明治の材料を舞台に陳列してあっても、そのあつかい方はすべて江戸時代のものと変らなかった。翁がざんぎり物で失敗したのも偶然でない。

翁は座附作者である。座主の註文によっては自分の気の乗らぬものも書かねばならない。翁も内心は不得意のざんぎり物を避けていながら、よんどころなしに筆を執った結果がこうなってしまったのかも知れない。もし果してそうであるとすれば、翁に対して前のごとき批難を加えるのは、甚だお気の毒であるかも知れない。わたしも翁の立場には同情する。しかし私は翁に同情をよせると共に、翁に対しては少しく愚痴も云いたい。その愚痴を云いたさに、先ず第一番にざんぎり物を引合いに出したのである。褒めていいことはあとでゆっくり書く。

そこで、これは翁一人の責ではなく、興行者や俳優も無論その責を頒《わか》たなければならないが、なんと云っても直接に筆を執った人に責任の大部分が帰着するのは已《や》むを得ないことである。前にも云った通り、翁がもし彼のざんぎり物に対して例の三人吉三や、弁天小僧以外になんとか新しい工夫を加えて、もう少し明治の世界に適応するような新しい作風を案出してくれたならば、ざんぎりものは今日までも栄えていた筈である。そのころには新派も新しい劇団もなかった。芝居は歌舞伎俳優が独占の舞台であった。その舞台に於てざんぎり物に好成績を占め得たならば、所謂新派は勃興の余地も口実も無かったかも知れない。たとい彼等は当然興るべきものとしても、所謂旧派の舞台に於ても昔の物とざんぎり物と相駢《なら》んで上場をつづけていられたに相違ない。

然るに翁のざんぎり物はいずれも思わしい成績を収め得なかった。やはり昔の物の方が面白いと云うことになった。これは見物の罪ばかりとは云えまい。そうしてざんぎり物は殆ど歌舞伎の舞台から駆逐されてしまった。それが旧派と新派と二つの国を作る基となった。歌舞伎の俳優は現代の人物に扮する資格がないかのように、いつとは無しに決められてしまった。歌舞伎の俳優は一種の能役者になってしまった。三百年の歴史を有する国劇を保存するのも勿論結構である。わたしもそれに故障は云わない。が、現代の材料をあつかう資格が無いように決められてしまったのは、かれらの不幸でないとは云えまい。

これは見物も悪い、俳優もわるい。作者が最も悪かった。若しその初めに於て、せめて形式だけでも明治の舞台に相応するような工夫を凝らしていたならば、こんな片輪な世界は出来なかったろうと思われる。勿論、歌舞伎の俳優は絶対に現代劇を演じないでも差支ないというならば、議論は又おのずから変って来る。しかし世にそういう議論を唱える人ばかりもあるまい。少くとも私一人はその議論に同意したくない。

或人《ある》は云う。それは時の勢いで、翁一人を責めるのは無理であると。たしかに無理である。無理と知りつつもその遠因に遡ると、わたしは遺憾ながら我が尊敬する黙阿弥翁に対して矛《ほこ》を向けたいような気がすることがある。淵のために魚を駆るものは獺《かわうそ》なりとか孟子は云っている。新派のために見物を駆ったものは、歌舞伎の作者と幾多の劇場関係者とであった。そのなかでも翁はふだんから細心の人であった。仕事には忠実の人であった。一時の偸安《とうあん》や怠慢からこの過失を醸したのでないことは私も万々察している。が、あの時にああもして呉れたらと、思わず愚痴をこぼすことが屢々あるのを詐わる訳には行かない。くり返していう、これは私の愚痴に過ぎない。その新派も今は衰えた。旧派はますます現代と遠ざかり行くような傾きがみられる。助六や忠臣蔵が盛んに歓迎される。わたしは黙阿弥翁に向けた矛を倒まにして今の劇場関係者をもあわせて攻めねばならぬ。これは愚痴でない、真剣である。

三

材を明治に取った新作のうちで、最も世間に賞揚されているのは『水天宮利生深川《すいてんぐうめぐみのふかがわ》』三幕で、二幕目の筆売幸兵衛発狂の場は翁の長所と短所とを最もあざやかに表現したものである。実際、この時代にはこうした窮士族の悲劇が所々に実演されたに相違ない。この作などもこれに似寄りの事実があったのを敷衍《ふえん》脚色したものだと伝えられているが、この作をよんで誰でもすぐに気の附くのは、全曲にあらわれた人物のうちに一人も明治らしい人間が出ていないと云うことである。これは寧ろ江戸時代の事件として脚色された方がよかったろうと思われる。

ある人はこの発狂の場に竹本と清元とを遣い分けた技倆を嘆賞する。しかし少しく舞台に経験のあるものから考えたら、ここで清元を遣った方が作者としてはどんなに気楽であるかを覚《さと》るであろう。殊に清元を遣うことが大好きの――と云うよりは、延寿翁夫婦に対する関係上寧ろ贔屓という方に近かった――翁としては、どうしても清元をつかって気楽の方へ逃げるのは当りまえである。翁は箸を持って飯をくったに過ぎない。それに感服するのは力負けではあるまいか。

わたしは筆売幸兵衛の悲劇を江戸時代に書き直した方がよいと云った。その意味に於て、明治以後の翁の新作もやはり江戸時代に舞台を取ったものが最も成功している。

『梅雨小袖昔八丈』（髪結新三）
『宇都宮紅葉釣衾』（釣天井）
『大岡政談』（天一坊）
『早苗鳥伊達聞書』（伊達騒動）
『黄門記童幼講釈』（水戸黄門記）
『鏡山錦楓葉』（加賀騒動）
『天衣紛上野初花』（河内山）
『大杯觴酒戦強者』（馬場三郎兵衛）
『極附幡随長兵衛』（長兵衛最期）

『新皿屋敷月雨暈』（お蔦と宗五郎）
『四千両小判梅葉』（金蔵破り）
これ等が先ずその主なるものであろう。勿論、このうちは史劇の部類に属すべきようのものもあれば、純世話物式の物もあるが、就中『髪結新三』と『河内山』とが最も有名になっている。実をいうと、髪結新三の筋は人情話にも講談にもある。例の『鰹片身』の件などは人情話をそのまま筆記したと云ってもよいくらいで、故人柳桜の人情話を聴いた方が舞台で観るよりも寧ろ面白いのであった。唯、高座と舞台とに呼吸が違うということを十分に会得して、人情話からあたえられた筋道を壊さずに、しかも舞台に乗るように巧みに取扱ってあるところに翁の技倆は確かに認められた。ここが翁の特長である。自分の創意でないものを巧妙に舞台化する点に於ては、殆ど空前で又或は絶後であるかも知れない。所謂座附作者としては、今後も或は翁のごとき人は容易に求め得られないかも知れない。少くとも翁は空前の座附作者であった。『河内山』も種の出所はいうまでもない。有名な入谷の寮も、寺西閑心と権八小紫とを金子市之丞と直侍三千歳とに振り替えたものと認められる。猶その他にも秋月一角と金五郎小さんもある。舞台面と云い、人形のならべ方と云い、いずれも類型的のもので、敢て翁の創意と認むべきほどのものではないが、それを巧みに書き活かしていかにも面白そうに人をひき付けるところに翁の力量が認められた。翁に外国語の智識があって、色々の翻案物をかいたら定めて面白いものが出来たことであろうと思われる。実際、翁は巧妙なる翻案者であって、全然その創意に成ったらしく認められるものは、おそらく甚だ少数であろう。彼の「四千両」で有名な牢内の場の如きも、その功績の大半は田村成義氏に分たなければなるまい。この狂言で面白く見られるのはこの牢内の場だけで、他は尋常一様の筋をたどっているに過ぎないのである。

ここで私が、自分の創意でないものを巧妙に舞台化すると云ったのは、筋立の妙を讃えたのではない。翁は不幸にして狂言の筋を仕組むことには大なる才分をあたえられていなかった。単に舞台技巧に富んでいたのであった。あまり面白くない筋立でも、それを面白く見せるだけの技倆を備えていた。早くいえば書き様の上手な人であった。作意も思わしくない、筋立もあまり妙でない。しかもそれが舞台のうえで面白く見られるというのは、一種の舞台技巧を恃むより外はなかった。翁はこの方面に於て大なる力量を有っていた。そうしてそれを縦横無尽に発揮した。翁の舞台技巧は名将の兵を操るがごとくに千変万化して人の目を眩惑した。

わたしは今日、筆を劇作に染めている幾多の才人あるを知っている。それらの諸才人はいずれもその着想に於ても結構に於ても、遥に黙阿弥翁を凌いでいること勿論である。しかも翁以上の舞台効果を期待し得らるるや否やは疑問に属するものが少くない。いかに無技巧を主張しても、劇を名のる以上は所詮一種の技巧を要せぬわけには行くまい。ここで云う技巧は単に舞台の上の動きばかりを意味するのでない。黙阿弥翁の作にも所謂動きのないものもある。それでも何処にか人を魅する魔力を有しているのは、舞台技巧のすぐれたものと認めなければなるまい。現代諸才人の作物の上に、更に翁の技巧を附け加えたらば殆ど鬼に鉄棒であろう。翁は自在に鉄棒を振りまわした。そこに翁の強味があった。しかも翁の本体は鬼でなかった。

話は少しく横道にそれた。

私が常に感ずることは、翁が得意とする世話物が果していつまでの寿命を保つであろうか、翁が寧ろ不得意とする時代物が果していつまでの寿命を続けるであろうかという問題である。翁が世話物に秀でていたことは誰も認める、翁自身をそう認めていたに相違あるまい。しかもその生命の長短に於ては、或は反対の結果を来すようなことがありはしまいか。

繰返していう、翁は飽までも江戸前の作者であった。池の魚が海に棲むことが出来ぬと同じように、江戸の作者も江戸の空気を離れて生きられる筈がないとすれば、その産物たる純江戸式の世話物も、江戸の空気のまだ幾分か残っている明治時代に於てこそその生命を保っていられたであろうが、果して今後はどうであろうか。第一これを演出するに最も適当な俳優を見出すに苦むであろう。勿論、今日でも翁の世話物は絶えず上場されている。しかも書きおろし当時の興味を見出し得ないのは我も人も遺憾に堪えないところであるが、これは必ずしも俳優が未熟の罪ではない、俳優の生れた時代が違うからである。この欠点は年を追うてますます暴露されてゆくものと覚悟しなければならない。したがって興味はますます薄れてゆく。これに対して長期の保険をつけるのは頗る冒険ではあるまいかと危ぶまれる。

そんなら近松翁はどうだと云う人があるかも知れない。しかし近松翁と黙阿弥翁とは大分そのあいだに相違がある。前者も元禄当時に於ける大阪の市井を写してはいたが、そのつかんだ点に古今共通の生命がある。後者は何分にも舞台技巧本位に書かれてあるので、その時代の人々にはいかほど強く感じられたことでも、後代の人々には殆どなんの感銘をもあたえないようなことが少くない。即ち歳月の流れによって、だんだんに洗い去らるべき性質を有っている。委しくいえば、近松翁は元禄を離れても生きられるように出来ている。黙阿弥翁は江戸を離れては生きられないように出来ている。蛙は水を離れても生きていられるが、鯉や鮒が水を去れば早晩死なねばならない。

近頃江戸趣味ということが大分流行する。それにつれて黙阿弥翁も復活した。翁の作物が頻りに上場される。一見まことに結構のことではあるが、調子に乗って片っ端から無暗に黙阿弥劇の庫払いをするということは、翁のために幸か不幸か、賢明なる各劇場興行者に一考を煩わしたいと思う。これがために早く世間から飽きられて、却って翁の生命を切り縮めるようなことが無ければ幸である。翁の作物殊に世話物を研究するのは好い。わたしも常に研究しつつある。しかも多くの場合には単に読むことに止めて置きたい。今日これを上場する場合には、決して原作をよんだ時ほどの興味を感じ得られないものと覚悟をしてかからねばならない。三馬の『船頭新話』でも、春水の『梅暦』でも、あれが読み物であるから仔細はない。若しこれを舞台に上せようとすると、多くは失敗を免かれない。したがって原作を傷けることになる。一般の見物はその理由を深くたずねずして、直ちに原作そのものを批難するのが習であるから。

翁の世話物が案外に寿命の少なるべきことは前に云った。これに反して時代物の方が寧ろ寿命が長くはないかと思われる点が多い。世間では一般に翁の世話物のみを賞揚するが、翁の時代物も決して軽侮すものではない。殊にこの方面の作物は材を古い歴史に取ってあるだけに、また純江戸式のような精細な描写がないだけに、早く云えば古今共通の意味において、今日の東京人にも理解され易い大まかな点を多く所有している。翁は歴史上の人物や事件に対して、新しい解釈を加えようなどと試みてはいない。翁は何人を捉え来っても、これを普通の芝居の鋳型に入れて溶解してしまった。それが翁の短所であると共に、所謂お芝居としてはいつまでも生存していられる一種の強味を有しているとも云い得られる。

いかに古い物だからと云っても、絵本太功記や鎌倉三代記では今日の人間とあまりに世界が懸け放れてしまって、あんまり馬鹿馬鹿しいとか冗談らしいとか云うような批難の起る日が早晩来るであろう。ここに於てか翁の時代物が古典的唯一の作物として、その価値を見出されることになるであろう。翁の時代物も勿論太功記や三代記から系統をひいているものには相違ないが、あれほどに荒唐無稽ではない、あれ程には特別の技芸を要しない。普通の俳優が普通に演じていれば、今日の人間にもお芝居としては相当に面白く観ていられる。今日の状勢から云うと、いかに古劇保存の声が高く叫ばれても、太功記や三代記のたぐいを長く保存するということは、俳優の技芸からかんがえても、見物の趣味から考えても、到底不可能のことらしく想像される。おそらく古劇として保存に堪え得る程度のものは、翁の時代物あたりを限りとするのではあるまいか。勿論、歌舞伎十八番のたぐいは例外であるが、それとて助六のようなものはどうであろうか。その運命甚だ覚束ない。

翁の作物が長く世に伝えられるとすれば、それはどう考えても、その得意とする世話物でなくして、却ってその不得意とする時代物であろう。作者自身としては或は不本意であるかも知れないが、村井長庵や弁天小僧は結局一種の参考書にとどまって、一部の研究者には多大の裨益をあたえようとも、舞台の上で長く見物に対すると云うことは困難であろう。この際、翁の遺族が黙阿弥脚本集の出版を許可したのは、賢明の処置と云わなければならぬ。

四

わたしの貧しい知識から考えると、翁の時代物は世話物とは反対に、明治以後に於て多量の佳作を出だしているらしく思われる。

『桃山譚』(地震加藤)
『太鼓音智勇三略』(酒井の太鼓)
『夜討曾我狩場曙』(曾我の討入)
『川中島東都錦絵』(川中島合戦)
『牡丹平家譚』(重盛諫言)
『二代源氏誉身換』(仲光)
『北條九代名家功』(高時天狗舞)
『関原神葵葉』(関ケ原合戦)
『紅葉狩』(浄瑠璃)
『土蜘蛛』(浄瑠璃)
『戻橋』(浄瑠璃)

これ等が先ずその主なるもので、仲光や重盛諌言のごときは少しく芝居離れのした嫌いがないでもないが、兎にかくに以上十余種は今後まだまだ長い寿命を保ち得られるに相違ない。いかに新らしい演劇が天地を圧して来ても、これ等の時代物は歌舞伎劇の代表作として、必らずどこかの舞台の隅でその光を放っていられると思う。この意味から云えば、翁は明治以後まで生れていたことを幸福とせねばならぬ。正直にいえば翁自身から観ても、我々からみても、翁の作物は明治以前までに踏みとどまっていて貰いたかった。なまじいに混沌たる明治の劇界へは足踏みをして貰いたくなかった。しかもその結果は不思議の矛盾を来たして、舞台に上せらるべき作物としては、明治以後の黙阿弥翁が却って光彩を放つようなことになってしまった。

翁に取っては喜ぶべきことか。悲むべきことか。得意のものは葬むられ、不得意のものが却って世に生きる。翁としては少数の研究者にその得意の作を渇仰されるのを以て満足するか。或はたとい不得意の作としても、汎く多数の観劇者に賞美せられるのを以て満足するか。

彼の近松翁自身としても、或はこういう矛盾を感じていたかも知れない。われわれは翁の世話浄瑠璃を以て一種の国宝であるかのように尊崇しているけれども、翁自身もその時代の人々も却ってその時代浄瑠璃に就て誇りを持っていたかも知れない。現に近松翁の三傑作と称せらるるものが『曾我会稽山』と云い、『国姓爺合戦』といい、『雪女五枚羽子板』と云い、いずれも時代物に限られているのを見てもわかる。尤もこの時代の風習として、時代物は相当の準備と苦心とを以て製作せられたように考えられ、世話物は単に端物として今日の三面雑報同様に見なされた結果、自然に時代物を重んずる傾向を来たしたに相違ないが、兎にかくに翁の一代に於ては作者自身も世間の人も時代物の方を比較的に重んじていたらしい。それが反対の結果を生んで、後世に於ける近松は殆ど世話浄瑠璃の作家として不朽の名声を伝うるようになってしまった。

この点に於ては黙阿弥翁も近松翁も殆ど相一致していると云い得られる。しかし近松翁の方はたとい本人はなんと思っていようとも、万人の睹る所、確かに世話浄瑠璃の方がすぐれているのであるが、黙阿弥翁の方はそうでない。本人も世話物を得意とし、他人もそう信じているにも拘らず、却って反対の結果を来たすことになって来たのであるから、幸か不幸か、少しく疑わざるを得ないようにもなる。

が、翁自身もその晩年に於ては、時代の趨勢にも駆られ、また俳優の要求にも促がされて、おれにだって書けると云うような一種の反抗心から、努めてその不得意の畑に鍬を入れたような傾きが見えぬでもない。むかしは一種の別世界のように認められ、或は無学者の学問所であるとか云われていた演劇其物が、明治以来ようやくその位地を高めると同時に、劇に対する色々の註文があらわれて来た。在来の劇には満足が出来ぬというような攻撃が起った。その攻撃軍の先鋒となり、大将分となっているような人々の多くは、劇について十分の知識を有していない顕官や学者のたぐいであった。演劇改良などと口でばかり偉そうなことを云っていても、実は劇に就ても小説に就てもお先まっ暗な連中が多かった。かれらは演劇を高尚にすべしと叫んだ。どろぼうや芸者が出ては演劇でないようにかんがえていた。彼等は在来の作者の無学を罵った。学問さえあれば誰にでも脚本が書けるもののように考えていた。かれらは在来の演劇の筋立が荒唐無稽であると一図に卑しんで、その作に含まれている詩趣などを省みる余裕がなかった。そのほかにも曰く何、曰く何、かれらの多数から提出された註文は、今日から顧れば寧ろ劇の進歩を阻害するかのように感じられるものが多きを占めていた。

勿論、彼等の尽力や斡旋によって、日本の演劇の地位が著るしく高まったのは、争うべからざる事実であった。その点に於ては、かれらも我が劇界に対する功勲者の名誉を要求する権利があるかも知れない。しかもそれとこれとはおのずから別種の問題で、彼等は前にいうような無理無体な註文を真向に振りかざして、しきりに我が劇界を鞭撻し、攻撃し、威嚇し、圧迫した。劇界は甚だしく動揺した。単に偉い人達ばかりでなく、生物識りの徒までが附和雷同して、在来の国劇を滅茶苦茶に破壊しようと企てた。かれらは八方から声を大にして叫んだ。空疎な頭から無理に色々の理窟を絞り出して、時の作者を無二無三に罵り辱めた。踏みにじった。

かくの如くにして、明治十五、六年から二十四、五年に至る約十年間は、殆ど空前ともいうべき狂言作者迫害の時代であった。自然の結果として、その代表者たる黙阿弥翁は荊の冠を戴かねばならぬような破目に陥った。思えば実に涙である。翁は温厚の人であった、謹直の人であった。平生から絶えて他人と争うようなことの無かった人であった。随ってこの無道なる迫害に対しても、表面には曾て反抗の気勢を示さなかった。翁は魚のごとくに黙して俎上に横わっていた。繰返していう、思えば実に涙である。

翁が河竹新七の名を門人に譲って、明治十七年四月を以て退隠したのも、老年のためとは云え又一つにはこれらの不満――と云うよりは寧ろ面倒を避けるために――が原因をなしているのではあるまいか。翁はここに黙阿弥と改名した。そうして、その名の如くに黙していた。しかし前にも云う通り、俺にだって書けるという江戸っ子の負けじ魂は、彼の老いたる筆を駆って所謂活歴物に向わしめた。それが仲光となり、高時となり、伊勢三郎となった。団十郎は得意でこれを演じた。世間でも歓迎した。それが俑を作って時代物はすべて活歴という邪道に陥った。今日でも史劇に対して史実そのままにあれと要求する人がある。その当時の演劇改良者には殊にそれが多かったので、翁の一種の負けじ魂と周囲の圧迫とに制せられて、心にもない活歴の作者となってしまった。その系統を引いた桜痴居士のことは今ここに云うまい。

私はその当時の翁の胸中に立ち入って、色々の想像を逞しうするに忍びない。が、翁も人間である。しかも負けぬ気の強い江戸っ子である。日本の演劇というものを碌々に研究もせず理解もせずに、唯えらそうな空論を吐いて自己の領土を無残に破壊しようと企てつつある人々に対して不平や不満がなくて済もうか。生きた蛙を丸呑みにするほどの忍耐力があれば格別、左もないかぎりは不平も出る。反抗心も起る。それは当然のことである。しかも温厚なる翁は沈黙していた。鳴かぬ蛍が身を焦す。すこしく料見のあるものならば、その当時の翁に対して同情を払うに躊躇しないであろう。

嗣子河竹繁俊氏の書かれた『河竹黙阿弥』という一書によると、彼の『高時』は求古会の註文に背かないように筆を執ったので、書いているあいだも、また書き上げてからも、翁は「どうも芝居にならなくて、いけねえ、いけねえ」と滾し抜いていたそうである。わたしの亡父も求古会員の一人であった。私はまだ子供でその当時のことは些とも知らないが、これに拠るとわたしの父もどうやら翁を圧迫した一人であるらしく思われる。元来彼の求古会なるものは団十郎が例の活歴物を演ずる必要上、史実や服装等に明るい人々（十人ぐらいのように聞いている）を招待して、その談話などを聴いたのが始まりで、自然それが一種の会を組織するようになったのであるから、高時は勿論、仲光や伊勢三郎その他に対しても何か容喙したかも知れない。悪いことをしたものである。『高時』はもとより悪い作ではないが、もし他に制肘するものが無くして、翁に自由の筆を揮わせたら、もっと面白いものが出来たであろう。わたしは翁に多大の同情を寄せると同時に自分の父もどうやら翁の敵であったらしいことを発見したのを深く悲まなければならない。わたしは特に此事を記して、父に代って翁の霊前に謝したいと思う。

『河竹黙阿弥』のうちに、又こう云うことが書いてある。翁が春陽堂から狂言百種を発行したときに、第一巻『村井長庵』の巻頭にこんな序文を掲げた。

「（前略）素より野鄙な世界狂言、無学無識の手になれば、まがい物の拙作を不断着のまま、修正の洗濯もせず出版せしは、嗚呼肩身の狭きことにこそ。」

そうして『所謂改良劇の呼び声の高かった当時には、黙阿弥もお座なりでなく、真実こう感じてもいたらしい』と、著者は附記している。が、これはその嗣子として父の伝を草する場合に、特に卑下してこう書いたのではあるまいか。翁は果して真実こう感じていたであろうか。翁はみずから恃むに足るだけの力量を立派に持っている。いくら温厚でも謙遜でもむやみに自から屈するいわれがない。翁は殆ど無意味に属するその時代の演劇改良論を呪うまでには至らずとも、少くも冷笑していたに相違あるまいと思われる。もし又、真に肩身が狭いと感じていたとすれば、いよいよ哀れが深い。

いずれにしても、翁の晩年は得意の境界ではなかった。翁が死去の当時わたしは相当の知識階級の人の口から「黙阿弥も今が死に時だろうよ」という冷淡な詞を聞いた。

それは「もう用のない人間である」と云うような意味らしく受取られた。無論、翁の死が伝えられると同時に、諸新聞も世間の人もみな口々にその死を悼んだが、それは殺して置いて記念碑を建てる格ではなかったろうか。たとい翁自身には毛頭の不満もなく、所謂演劇改良論者の非道なる攻撃も圧迫も当然の事として甘受して、悠々その天命を終ったにもせよ、我々多感の人間からみれば確かに同情の涙に値する。まして無言のうちに幾多の不足や不満を蔵めていたとすれば更に悲しくはあるまいか。

その演劇改良論は疾うの昔に亡びてしまった。翁は再びその真価を見出だされるようになった。月並の文句でいえば、翁は瞑すべきであろう。ただ遺憾とするのは、翁の名がその不得意とする時代物に因て長く世に伝えらるることである。これも時代の変遷で已むを得ないと云えばそれ迄であるが、我々としては何となく物足りないように思われてならない。しかし桜田治助や瀬川如皐の名が忘れられる時が来ても、翁はおそらくその時代物によって長く生命を保ち得られるであろう。

『三人吉三』雑感

黙阿弥脚本集第一巻が出た。過去は格別、将来に於ては所謂《いわゆる》『黙阿弥劇』は読むべきものであると考えている私に取って、この上もない満足である。わたしは第一巻全部を一気に読んでしまった。そのなかで、最も感興をひいたのは矢はり『三人吉三廓初買』であった。

この劇は万延元年市村座で初めて上場された当時、評判のあまり好くなかったものであると伝えられている。しかも作者としては会心の作の一つで、今日では黙阿弥翁が代表作の一つに数えられているのは、不思議のようで不思議でない。こういう例は実際に於て屢々あるべき筈である。通客文里に扮すべき適当の俳優を見出さないという事情よりも、芝居道の習、初演当時の不評がわずらいをなして、作者が存生中には再演の機会を失ったのであろうと想像される。しかし作者としては自己が会心の作物をなんとかして世間に紹介して置きたいという希望を十分に抱いていたらしく。その存生中に二度までもそれを発表している。一度は読売新聞に、一度は春陽堂発行の狂言百種のうちに——。三回目には歌舞伎新報にも連載されたが、それは作者が歿後のことであるから別問題である。

もしこの作者が世間の不評に打負かされて、『三人吉三』は実際つまらない作だとあきらめて、おとなしくそれをしまい込んでしまっていたら、或は何人にも認められずに永久に葬られてしまったかも知れない。世間でなんと云おうとも、作者は自信のある作物に強い執着を有って、機会のある毎にみずからそれを推薦しようと試みた。そうして、結局それが成功した。くどくも云うようであるが、読売新聞と狂言百種と歌舞伎新報と、この三度の紹介がなければ、『三人吉三』はおそらく世間には認められなかったであろう。勿論、芝居道に対してこの脚本を紹介したのは、歌舞伎新報が最も有力であったらしく、この脚本が明治二十六年の十二月に掲載を終ると、二十八年の秋には浅草公園の常盤座で既に上演されて、その当時の役割は勘五郎の和尚吉三、雛助の文里であったように記憶している。お坊吉三は多見丸、お嬢吉三は紅車であった。その後に先代左団次が明治座で上演する、今の左団次が上演する、宮戸座でも上演する、大阪でも我童等が上演する、歌舞伎座でも上演するという順序になって、

『三人吉三』を知らざるものは殆ど黙阿弥劇を語るの資格がないようにもなってしまった。

この脚本に関しては、吉井、久保田、木下、小山内、楠山、長田の諸氏、並に作者の嗣子たる河竹繁俊氏等によって、種々の方面からその研究の結果を三田文学に発表されている。その上に今さら蛇足を加える必要はないのであるが、私は私としてただ自分の感じただけのことを云ってみたい。

『三人吉三』という名題は据えてあっても、この脚本が二つの筋から成立っているのはすぐに判る。主題たる三人吉三の件と、文里一重の件と、全然異った筋を無理に継ぎあわせて、一編の通し狂言に作ってある。それはこの脚本に限ったことではなく、『村井長庵巧破傘』でも、やはり長庵と久八と二つの筋をつぎ合わせてあるが、後者は二つの筋の関係が非常に密接していて、単に一人の俳優を代らせて善悪両面をみせるという為ばかりでなく、たとい二人の俳優が個々別々にその役々をうけ取っても、おそらくこういう場面が作り出されたであろうとも思われるが、前者になるとその関係が頗る稀薄で、小団次の和尚吉三と文里とを見せるために、無理無体に二つの筋を継ぎあわせたということが余りに見え透いている。この点に於て、『三人吉三』は先ず『村井長庵』に一籌を輸するように思われる。作者はその欠点を繕おうとして、巧みに百両の金と庚申丸とをそれからそれへと転がしているが、それだけで二つの筋をつなぐことは何うもむずかしい。この脚本は三人吉三の筋と文里一重の筋とを別々に引放して見なければならない。

作者がなぜ此作を得意としていたかと云うことは判っていない。現に河竹繁俊氏すらも委しい説明をあたえていない。したがって作者が三人吉三という人物を案出した第一の動機も想像に苦しむのであるが、三人のなかでお坊吉三が『網模様燈籠菊桐』（小猿七之助）から縁を引いているのは、その情婦のお杉が吉原へ住替えをして吉野となっているのや、漁師の源次が源次坊となっているのを見てもすぐに首肯かれる。お嬢吉三が粂三郎のからだから割出して八百屋お七を利かせたものであることもまた判る。和尚吉三は吉祥寺（この脚本では吉祥院としてある）の所化あがりと云うところから思い付いたらしい。これから考えると、大体に於て八百屋お七がこの脚本の根源であって、それを作者得意の白浪物に飜案したのであろう。つまりお嬢が先に出来て、その次に和尚が出来て、最後にお坊が出来たので、小猿七之助から縁を引いていると云うものの、最後の吉三は間に合わせたらしい。その当時の俳優の位地から云っても、そうありそうなことである。

文里一重が梅暮里谷峨の『傾城買二筋道』から丸取りにされていることは云うまでもない。

外題は『三人吉三』と据えてあるが、三人吉三の件と、文里一重の件とは、丁度半分ずつを占めているのみならず、小団次の和尚吉三と文里、粂三郎のお嬢吉三と一重、その役々の分量をかんがえると、文里と一重の方がよほど荷が重くなっている。作者も俳優もこの役々の方に重きを置いていたのではあるまいかとも思われる。要するに、挿話の方が主眼で、三人吉三の方は一種の呼び名にすぎないような観がある。しかし結果はその反対で、矢はり呼び名の三人吉三の件の方が面白い。三人吉三だけを引放してみると、なんだかこうと云う捉まえ所が無くて物足らないようには感じるものの、どうしても此方に多くの興味を惹かれる。この脚本に対するその当時の評判があまり芳ばしくなかったと云うのも、ほかに何等かの事情があったかも知れないが、おそらくこの弱点に帰着するのではあるまいかと想像される。即ちここで見物をひき付けようと企てた挿話の方が却って思わしくなくて、作者も俳優も狙った的を射損じたという傾きがあるためではあるまいか。三人吉三だけでは、面白いけれども物足らない。

さりとて文里一重の筋を盛込まれてはうんざりする。過ぎたると、及ばざると、その匙加減《さじ》のうまく行き届いていないところに此作の弱味があるのではあるまいか。

然らばその三人吉三だけに就いてかんがえる。

くどくも云うようであるが、わたしはどうも物足らないように思われてならない。三人の吉三がどうも活動していないように思われる。三人吉三と名乗る以上、二幕目の大川端と六幕目の吉祥院とのあいだに、三人がもう一度大きい芝居をみせて貰いたいように思われるが、それは例の挿話に縛られて作者にその自由が与えられなかったのであろう。

先ず大川端で三人の吉三が初めて出会うところ、ここは昔の見物の喜びそうな場面である。夜鷹のおとせと振袖姿のお嬢吉三、この対照も面白い。よもやと思っていた美しいお嬢さんがだしぬけに夜鷹の金を奪って川へ蹴込む。これも見物をおどろかしたに相違ない。そうして、そのお嬢さんが例の「月はおぼろに白魚の、かがりも霞む春の空――」を歌い出す。わたしから云わせると、こういうたぐいは所謂「厄払い」のうちでも少しく邪道に陥ったものだと思われるが、先ず世間なみに名台詞として推奨しておく。そこへお坊吉三があらわれて、駕籠のなかから呼び止める。鈴ケ森の長兵衛権八といいそうな段取である。それからお坊がお嬢の奪った金をよこせと云う、お嬢は遣らぬという、結局双方が斬結ぶところへ和尚吉三が駈けて来てとめる。先ずおさだまりの段取りで、敢て奇とするには足らないが、三人の服装の配合、例の厄払いの取り遣り、観ていてなんとなく心持の好いように出来ているのと、こうして三人の吉三を一度に紹介してしまったのと、そこに作者の手際が窺われないではない。

とは云うものの、ここはほんの序幕である。更に面白いのは三幕目の土左衛門伝吉の家で、過去の罪業を悔いて一廉《ひとかど》の善人になり済ましながらも、暗い影は絶えず追ってくる。その暗い寂しい惨めな法華信者の老人を作者は巧みに描き出している。それに執念ぶかくまつわる一種の因果関係は、こうした狂言の常套ではあるが、それがうるさく感じられないまでに人の心を暗い底へ押詰めてゆく。伝吉が十三郎を救って連れ帰ると、そこへまた久兵衛がおとせを救って連れてくるというのは、あまり無雑作に事件を取扱っている傾きはあるが、十三郎とおとせを双児の兄妹にしたのは面白い。その親が犬を殺した報で、その子供たちが畜生道に堕ちるという怖ろしい因果物語を作者は大胆に舞台の上にあらわしている。それを知りつつ無理に二人を引離そうともしないで、これも逃れることの出来ない因果と悲しくあきらめている伝吉の心持がいかにも哀れに感じられる。悴の和尚吉三が持って来た金を、欲いと思いながらも投げ返すのも好い。和尚はそれを無理に遣ろうとして投げ込んでゆくのも好い。伝吉は再びそれを表へ投げ返す。その金が思いもよらない人の手に渡って、更に後段の葛藤を孕んでくるのも好い。その一場がこの作中の圧巻で、土左衛門伝吉という人物もまたこの作中で最も好く描かれている人物である。彼にくらべると、和尚もお嬢もお坊も顔色無しで、所詮かれ等は普通平凡の悪党というに過ぎない。

三人のうちでお坊吉三だけが文里一重の方に直接の関係を有っているように仕組まれているのは、権十郎がこの一役だけを勤めているせいでもあろうが、こうしなければ二つの筋の関係があまり縁遠くなるせいでもあろう。いつも金の高が百両に限られているのは些とわざとらしいが、兎にかくにその百両の金を懐ろにして廓から帰る武兵衛を、お坊吉三が大恩寺前で待受けて奪い取るというのが四幕目の終りである。俳優の身分から来たのでもあろうが、武兵衛がじたばたしないでおとなしくその金を渡してゆくのは好い。そのあとへ伝吉が出て、更にその金を貸してくれとお坊にたのむ。正直になにも彼も話し合ったら無事に解決の付くべきところを、双方が知らない同士であるために、ここに伝吉殺しの惨劇が出来する。その段取は決して悪くないが、お坊に対してその金を貸せとたのむ時の伝吉の料見がどうもはっきりしていないように思われる。もともと一日半日を争うという金では無し、お坊にむかって「娘を売ってもその金は屹とお返し申しまする」と、手をあわせて頼むほどならば、あんな危険を冒さないで娘を売った方が早手廻しであるようにも考えられる。それとも「娘を売っても」というのは一種の詞の綾で、お坊の弱味につけ込んで体よくゆする積りであったのが、うまく成功しないので結局その本音を吹いたのか、あるいは最初は飽までも正直に借りる積りであったのを、相手が肯かないばかりか却って手ひどく罵倒するので、急にむらむらと昔の悪党根性をよび起したのか。ここがどうも明瞭でない。芝居としては無論後者の方が面白いのであるが、現在わが子が持って来る金すらも、不正の金とみて投げ返したほどの伝吉が、見す見すの斬取り強盗から金を借りようとするのは理窟があわない。殊にそれは今夜に迫るというほどの行き詰った金ではない。自分が借りようと思っていた金であるとしても、已に強盗の手に一旦渡った以上は、それを借りていいか悪いか、かんがえても知れたことである。その無理を避けるためなら、最初から強請る積りでもいい。お坊吉三の斬取り強盗を目前にみて、急にむかしの悪心が甦ったとしてもいいから、どちらにかその性根をはっきりと説明して置いて貰いたいものである。前にもいう通り、この作中で最もよく描かれてある人物だけに、その結末の曖昧であるのがどうも気になってならない。

六幕目の巣鴨吉祥院は、三人吉三が再び顔をあわす場面である。初春の雪を催したゆうぐれ、古寺の大囲炉裏で、もんぱの頭巾をかぶった源次坊が卒塔婆《そとば》を焚いている。この幕あきが先ず面白い。ここへお坊吉三が和尚吉三をたずねてくる。お坊は源次坊に金を遣って酒と軍鶏を買わせに出し、自分は須弥《しゅみ》壇《だん》の下にかくれる。それから和尚吉三が捕手に囲まれて、お嬢とお坊の二人を渡そうと約束する。お坊と和尚との出会になって、お坊は再び須弥壇にかくれる。ここへ以前の源次坊が十三郎とおとせを連れてくる。ここらの段取は実に無駄が無くとんとんと運んでいてさすがに老手と敬服の外はない。十三郎とおとせの話で、和尚はお坊が自分の親を殺したことを知りながら、却って彼とお嬢とを救うがために十三郎とおとせを犠牲にしようと決心するのは、義理と人情美を極端に発揮したもので、こうした芝居ではどうしてもこう運んでゆくより外はあるまい。それから和尚は源次坊に云いつけて、急に駒込まで早桶を買いに遣る。ここの問答のいきがひどく好い。お坊が和尚の親を殺したことを知って自殺しようとするところへ、欄間の天人の彫物を外してお嬢吉三が乱れた島田かつら振袖であらわれる。ここは作者も得意のところであり、我々も嬉しく感じるところである。八百屋お七から出発した芝居だけに、どうしてもお嬢吉三があらわれなければ凄艶の趣を見出すことが出来ない。三人吉三はお嬢吉三の芝居である。

この道具が廻って乱塔場になると、和尚吉三がもう十三郎とおとせを斬っているのはいい。どういう機会で斬り掛けたか、なんと云って斬りかけたか、そんな説明のないのもいい。和尚が二人を殺す仔細を打明けながらも、畜生道の秘密だけは明かさないのもいい。見物には犬の姿をみせながら、自分たちは何にも知らずに死んでゆく十三郎とおとせは哀れである。この長い芝居の結末をこの一幕にすっかり纏めてしまって、しかも凄艶凄愴の情と景とに満たされているのは、作者の凡手でないことを確に証明している。源次坊が背負って来た早桶のなかへ、却って源次坊を突き込む幕切れも、作者の筆にいかにも余裕のあることを示しているではないか。そうは云うものの、私としては三幕目の伝吉の家の方が、しんみりして最も好いと思う。この幕はあまりに芝居になり過ぎている嫌いが無いではない。

七幕目の大切は、普通の芝居を離れて一種の浄瑠璃というべきである。お七の火の見櫓をそのままに見せたのが作者の趣向で、竹本清元かけ合いで糸立を着たお嬢と米俵をきたお坊とが両花道から出る。舞台には雪が降っている。もうこうなると理窟はない。見物はただその場の情と景とに魅せられればいいので、作者は比較的に気楽であったに相違ない。五幕目の丁字屋別荘にチョボがあって、ここにもまたこの浄瑠璃があるので、そのあいだに挟まった六幕目の吉祥院にはわざとチョボを抜いたのであろう。左もなければ、吉祥院も当然チョボの入るべき場面である。チョボのないために十三郎とおとせの役は悪くなっている。勿論、作者は単に因果関係を示す道具として、その若い男と女とを点出したので、役の上から云うと、この二人の上にはあまり多くの注意を払っていなかったかも知れない。

要するにお嬢吉三という者があってこそ、初めてこの芝居が成立つので、粂三郎という俳優がいなかったらば、あるいは三人吉三などという趣向は作者の頭に浮ばなかったかも知れない。文里一重だけの筋ならば、他の狂言のなかへも盛込める筋であるから、どうしてもお嬢吉三をこの狂言の主人公と見なければなるまい。しかし八百屋お七を男にしてみせる――唯それだけの思い附からこれだけの芝居を書きひろげた作者の技倆には、その当時は勿論、今後もおそらく及ぶものはあるまい。その代りに、くどくも云う通り、八百屋お七を男にするという形式の上から考え出された狂言であるだけに、その形式美を離れるとその内容に多く尋ぬるところのないのは已むを得ないことで、見物はただお嬢吉三の凄艶なる姿をほれぼれと眺めていればいいことにもなる。したがって、この芝居ではお嬢吉三と土左衛門伝吉とを論ずれば足りるので、他の役々については余り多くいうべき点を見出さない。

文里一重の筋に就ては、私はあまり多くを云いたくない。由来、原作の『二筋道』は五郎という武家の次男と、文里という町人の通人とを出して、一方は初めに惚れられて後に嫌われ、一方は初めに嫌われて後に惚れられる、この二つを対照したものであった。それが非常に好評を博したので、作者は調子に乗って二編三編を出すようになったが、五郎の方はどうにもならないので、専ら文里の方で書きのばすことになった。そういう事情であるから二編以下は所詮蛇足で、原作そのものが已に面白くないのを、芝居の方では更に蛇足を添えたので、いよいよ面白くないものになってしまった。それらの鑑別の付かない作者でもあるまいに、なぜこんな材料を択んだのか、わたしはその判断に苦む。座頭たる小団次の註文か、あるいは例の津藤を見せたいなどと云う洒落か、どちらにしても悪い思い付であった。原作の方では一重が心機一転して文里を慕うようになる。文里もそれで深くなる。そこに自然の妙味があるのであるが、芝居の方では一重が安森源次兵衛の娘であるということを発見して、文里も肩を入れるようになるなどという理窟が附いているだけに面白くない。五幕目の丁字屋別荘などは、唯その長いのに倦むばかりで舞台の効果は甚だ乏しいものである。しかも作者も俳優もこの方面にむかって多く努力したらしいのは惜むべきことであった。この挿話がもっと有効のものに変っていたら、この狂言は更にすぐれたものになっていたであろう。

竹本劇の人物研究

これは或《ある》雑誌にたのまれて、二、三の竹本劇の主要なる人物について説明と批判とを試みたものである。真面目なところもあり、不まじめな所もあり、所詮は一種の偏痴気《へんちき》論にすぎないかも知れない。

一　お米と平作

『伊賀越道中双六』という浄瑠璃のうちで最も戯曲的の人物は、沢井股五郎でもなく、唐木政右衛門でもなく、和田志津馬でもなく、沼津の平作とお米と十兵衛と、この親子兄妹の三人である。そのなかでも、お米と平作との二人が主要の役目を勤めている。

時候ははっきりと判らないが、お米が手に持っている菊の切枝をみるに付けて、それは秋であることを思わせる。その秋の日のかたむきかかる頃に、二人づれの旅人が東海道をのぼって沼津の宿へさしかかると、稲叢のかげから一人の老いたる雲助が出て来た。かれはもう七十に手がとどくと自分で云っている。今朝から一文も銭の顔をみないから、何うぞお慈悲に荷物を持たしてくれと云う。道中の問屋場にはかからずに、宿はずれにうろ付いて、客を引いている雲助であるから、どうで碌な奴でないことは判っている。身状のよろしくない奴か、さもなければ老衰して問屋場の役にたたぬ奴か、彼はおそらく後者であろう。荷持の男をあとへ返して自分一人になった折柄であるのと、もう一つには老人を憫むあずま気性とで、旅人の十兵衛は吉原までの約束でこの老人の雲助に自分の荷物をかつがせることにした。雲助は平作である。この平作と十兵衛とが肉身の親子であると云うことが後になって判るのである。

このふたりの人間が今の作者によって紹介されたら、おそらく親子という関係をはなれて伝えられるであろう。お米と平作とは親子には相違ないが、十兵衛は彼等となんの交渉を有たない一個の旅人である。そうして、彼が単に創薬の印籠を所持していたと云うだけのことから、色々の事件が生み出されて、結局は平作を死に導いたという風に、この事件の真相を伝えるであろうと想像される。しかも昔の作者は常套的の親子関係を結びつけて彼等を紹介してしまった。そうして、この悲劇の分量を幾分か稀薄ならしめたのは遺憾であった。

平作はもとより気楽な身分ではなかった。心にも苦労はあった、からだにも骨が折れた。しかし彼は所謂惨めな貧乏人ではなかったらしい。無論貧乏はしていたが、それでも若い時には小相撲の一番も取ったという男で、どこにか道楽肌の残っている気軽な人物であったらしい。他人が想像するほどに、彼は現在の境遇を苦にしてはいなかったらしい。平作ばかりでなく、その当時の東海道の雲助などと云うものにはこうした気分の人間が多かったらしい。悲劇の主人公であるが為に、むやみに彼を惨めな人間のように解釈する俳優があったとすれば、それは間違いである。かれを惨めな人間と云うのは、他人から彼をみた場合の解釈で、本人自身は寧ろ気軽な、口軽な一種の無邪気な人間であったらしく思われる。それが娘のためには命を捨てる。そこが如何にも人間らしく美しいのだと、私はいつも考えている。

彼は正直である、無邪気である。木の根につまずいて、足の爪を剝がして、十兵衛から結構なお薬をつけて貰いながら、彼はそれを娘の大切な男にあたえたいと云う慾心は微塵も起さなかったのである。かれは単に結構な旦那のお供をしたのを喜んで、自分の穢い家へ十兵衛を休ませると、そこへ生憎に掛乞《かけごい》が来て、更にその旦那から二朱一つを恵まれたので、彼は面目ないと嬉しいとで十兵衛に手をあわせたのである。

思惑のある娘のお米と、思惑のある旦那の十兵衛とは、めいめいに違った心持で泊ってくれと云い、泊ろうと云うことになっても、かれは別にそれを拒もうともしなかったのである。

彼は又、義理がたい人間であった。二つの年に養子に遣った惣領の忰が今は身上のよい商人になったと聞いても、一旦ひとに遣ったのは捨てたも同然、今さらたずねて行って箸片し貰うても人間の道が立ちませぬと、きっぱり思い切っている男である。勿論むかしの作者はこれに因って平作と十兵衛との親子関係を説明しようと企てたのであろうが、そう云うまわりくどい意味を離れてかんがえても、彼は実際そんな人物であったらしく思われた。十兵衛に娘をくれと云われて彼は驚きもしなかった、怒りもしなかった。却って十兵衛にむかって、よう御親切に惚れさしゃって下さりましたと礼を云った。これを間にあわせの世辞や追従と見るのは残酷である。彼のような正直な無邪気な人間としては、ほんとうにそう感じていたものと善意に解釈してやるのが同情のある見方であろう。

そうは云ったものの、彼もその親切な旦那様に対して少し不安を感じているらしく、寝るさきになってそれとなく娘に注意をあたえているのも面白い。こうして、親子も寝た。十兵衛も寝た。死んだ女房の命日という仏壇の灯も秋の蛍と消えのこった真夜なかに、一大事件が出来した。娘のお米が泊り客の印籠を盗んだのである。その盗人を娘と知ったときに彼はおどろいた。正直なだけに、その驚きは強く大きかった。しかも彼は諄いことを云わなかった。なんの因果という詞に無量の意味をこめて娘を叱った。

これに対する娘の言訳は少し辻褄の合わないものであった。彼女は十兵衛が金創の妙薬を持っていると云うことを聞いたときに、已にある覚悟を懐いていたらしく思われる。左もなければ通りがかりの旅人に対して、自分の穢い狭い家に逗留しろと無理に抑留める筈がない。しかも彼女は灯火が消えたのが動機となって、ふっと悪事を思いついたように説明しているのは、嘘に馴れた廓育ちの癖がまだ抜けなかったのであろう。彼女はここで自分の男の難儀を訴えて、よんどころなく妙薬を盗みましたと仔細を明かした。勿論注意ぶかい彼女は男の名を云わなかった。又その身の上も詳しく説明しなかったのであるが、身の言訳に取りまぜて、彼女はふと自分の昔の名を云ってしまった。――けふや死なうか翌の夜は、わが身の瀬川に身を投げて――調子に乗って彼女は瀬川という廓の名さえ口走ってしまった。

それさえ云わなかったら、十兵衛もおそらくよそ事として聞き流してしまったかも知れなかったが、瀬川という名を聞かされて、彼はそれが江戸のよし原で全盛の松葉屋の瀬川であったことを発見した。瀬川の男が和田志津馬であることも彼は知っていた。それが十兵衛であったのはお米の僥倖で、もしも桜井林左衛門の徒であったらば大変、大事の男はどんなことになったかも知れない。口は禍の基で、お米も飛んだことを饒舌ったものであった。しかし相手が十兵衛であった為に、禍が却って福となった。彼はその金創の薬を妹のお米に残してゆこうと決心したのである。いっそこれが他人同士で、十兵衛は飽までもお米の切ない志に同情して、大事の薬をあたえてゆくと云うのであったら、かれの男振りも一層立ち上ったのであろうが、親と子、兄と妹、こうした義理に責められて、彼はよそながらそれを置いて行ったのであった。彼はそのほかに三十両の金をも残して行った。

十兵衛がわざと忘れて行った印籠が証拠となって、かれが仇に由縁のある者だと云うことが判った。金包みに書き添えた彼の幼名が証拠となって、かれが平作の忰であることも判った。お米があとを追い掛けて仇のありかを詮議しようと駈け出すのを、平作は止めて、理が非でもおれが云わして見しょう、われも続いてあとから来いと云う。平作は已に死を決しているのであった。万一わが悴が素直に股五郎のありかを教えなかったらば、死を以て脅迫しようという決心であった。それは彼が出るときにお米に向って、どんなことがあっても必ず出るなと云い聞かせて行ったのをみても容易に首肯《うなず》かれる。こういう親を有った十兵衛は気の毒であった。

養子にやったれば捨てたも同然と、彼は前にも云っているくらいであるから、或はもう十兵衛をわが子とは思っていないのかも知れない。十兵衛を赤の他人と認めているのかも知れない。左もなければ、娘の便利ばかりをかんがえて、悴の迷惑を些《ちっ》とも察してやらない平作は、父として随分無慈悲でもあり、片贔屓でもあると云わなければならない。勿論、かれは自分の死を以て差引勘定をつけてやるつもりには相違なかったが、志津馬に縁のある平作を殺せば、かたきの秘密を明かしても差支えないと云う理窟は立たないように思われる。由来、二口目にはかたき呼ばわりをするけれども、平作親子の側からみれば沢井股五郎がかたきであると同時に、股五郎一味の側から観れば和田志津馬がかたきである。娘の方の便利ばかりを計るために、悴に強いて秘密を吐かせようと企てるのは、親の我儘である。私はかれの死を美しいと前に褒めた。それは、お米という子のために、命を惜まない親心を、美しいと云ったので、十兵衛の側から観れば我儘の親であることを否むわけには行かない。殊に死を以て彼を脅かすに至っては、たしかに親の我儘である。これが他人であっても頗る議論のあるべき所であるのに、まして親という字を笠にきて、おれが死んでも云わないかと威嚇するのは、子として堪え得られない所ではあるまいか。

十兵衛もよんどころなしに父の前にひざまずいた。彼はお米がそこらに忍んでいることを意識していながら、死んでゆく父に対して股五郎のおちつく先を明かした。彼は妹に妙薬をあたえた。父に仇のありかを洩らした。彼は千本松のあかつきの露に湿れながら父と妹に別れた。平作は自己の死を以て最後の勝利を占めたのであった。結末に近くにしたがって、平作親子に対する私の同情はだんだんに冷えてくるように感じられるが、この場合、平作としては他に然るべき方法はなかったのであろう。彼は娘を愛すると同時に、娘より観たる仇の人を憎まずにはいられなかったのであろう。そうしてその仇という人間は悪い奴であると最初から決めていたのであろう。してみると、悪人の味方となっている忰に迷惑をかけても、善人の味方になっている娘の方に便利をあたえたいと云う考えから、かれは一図に忰に対して圧迫を加えたのであろう。その言訳には自分の命を捨てればいいと思いつめていたのであろう。その点で彼を非難するのは残酷かも知れない。かれは娘に対して盲目的の愛をそそいでいた一個の正直な老人に過ぎないのであろう。沼津の平作の生命は娘に対する愛情、唯それだけであった。

娘に対する父の愛情が殆ど盲目的であったと同時に、男に対する娘の愛情も殆ど盲目的であった。見識らない旅人が金創の妙薬を所持していると聞いて、無理にかれをひき留めるのはいい。しかし最初からそれを盗もうと巧んでいるらしいとは余りに大胆である。いかに金銀ずくでは無い妙薬と知っても、兎もかくも一応は何等かの手段でおとなしくその分配を乞うべきではあるまいか。盗むというのは百計尽きたる最後の手段でなければならない。どうでも手に入らぬと決まって、ここに初めて盗もうという料見が出る。そこに彼女の切ない心根も忍ばれるのであるが、彼女は十兵衛にむかって曾て何等の交渉をも哀願をも試みたことはない。そうして、彼の寝息をうかがって突然に印籠を盗もうとしたのである。それでは廓にいた時にも枕探しを遣った経験があるかも知れないと云われても仕方があるまい。十兵衛は妹と知っていて恋を仕掛けた。妹はそれを知らずに、これ幸いと色仕掛けで薬をまき上げようとしたが、相手が真実の恋でないので失敗した。その結果、切端つまって盗み心を起すというのでなければ、お米に対してどうも真実の同情は起りそうもない。所詮その目的が善であるために、誰もお米を咎めようとはしないが、その手段があまり穏当でない。それも世間を知らない一図の生娘ともあらばこそ、廓の水をのんだ女の果としては、あまりに無謀無策である。お米が薬を盗もうとしたのは同情に値いするが、旅人の顔をみるや否や、すぐに賊心を起すというのは、一つ家の鬼婆にも彷彿たるもので、彼女に対する同情が頗る割引される憾《うらみ》もあるが、畢竟は彼女の無智の致すところで、深く責めるのは無理かも知れない。

ある人は彼女を弁護して、お米は最初から賊心があったものではなく、燈火の消えたので、不図おもい附いた出来心であるとこう云うかも知れない。しかしそれは前にも云った通り、立派な旅人に対して失礼をもかえりみず、この破ら家に逗留してゆけと勧める以上、それが一通りの世辞や追従でないことは見えすいている。さればこそ十兵衛に対する言訳なども四度路《しどろ》もどろで、一方に対して今夜の詫をしているかと思うと、一方の父に対しては今更らしく過去を詫びている。――死んだあとでもお前の嘆きと、一日ぐらしに日を送る――このところ余ほど混線の形である。

要するに、平作は愛に溺れた人であった。お米も愛に溺れた人であった。その犠牲となって大事を洩らした十兵衛は最も気の毒な人であった。よくよく不運な彼は後に伏見の宿で、しかもお米の見ているまえで、和田志津馬の手にかかって死ぬのである。

この浄瑠璃が近松半二の絶筆の様に私は記憶している。

二　お柳と平太郎

あまり好題目ではない。お馴染の多い劇であるから、兎《と》もかくも人物か植物か怪物かわからないこの二人に就いて、少しばかり云ってみる。実は研究などと物々しく名乗るほどのものではない。

世に『三十三間堂棟由来』という浄瑠璃が伝わって、今日ではそれが殆ど普通のようになっているが、無論にその出所は『祇園女御九重錦』である。この浄瑠璃は宝暦十年十二月十一日から豊竹座で興行されたもので、作者はあまり上手でないとして知られている若竹笛躬、中邑阿契の合作である。今日では詳しく調べるよすがもないが、作者の順序からいえば三段目の『平太郎住家』は笛躬の筆であるらしく思われる。笛躬という人の伝記はよく知らないが、若竹藤九郎という人形使いであると伝えられている。作物の数は沢山あるなかで、この浄瑠璃などは作としては優れたものの一つであろう。例の木遣《きやり》音頭の件で、緑丸の小さい人形が地車をひくと、それがからくりで動いてゆくと云うことが非常の評判で、この興行は大入であったそうである。

五段つづきであるが、例の丸本物であるからその筋は頗る複雑していて、簡短にその梗概を記すわけには行かない。四段目は忠盛の奥方池殿が嫉妬から鬼女のようになって、麦藁の笠をかぶって油壺を持って出るという、彼の祇園の油坊主を利かせた趣向であるが、これは三段目ほどに有名でない。そこで、お柳と平太郎とに関係のある筋だけを云えば、大宰府帥季仲という敵役が熊野で小鳥狩をすると、その秘蔵の鷹がそこにある柳の大樹の枝に足縄をからまれて飛ぶことが出来なくなったので、その鷹を救うがために柳を伐倒そうとするところへ、父のかたきを探す横曾根平太郎が母と一所に通りかかって柳を伐るのを諫めとどめ、得意の弓術で鷹の足縄を射切ると柳の下に茶店を出している娘が即ちその柳の精で、その恩に感じて平太郎と夫婦になる。それから例の三段目で、平太郎は緑丸に手をひかれて近所へ畑荒しにゆくのを、和田四郎に見つけられて証拠の鍬と畚とを奪われる。和田四郎はその品々を証拠にして平太郎の家へゆすりにゆくという段取で、その以後は誰も知っている三の切である。平太郎は後に父のかたき武者所時澄を三十三間堂で射殺してむかしの武士になる。熊野の利生記と三十三間堂の伝説とを題材にしたこの浄瑠璃はこれで終末を告げるのである。

禽獣草木のたぐいが仮に人間となって出現するなどと云うのは、無論に支那からの輸入品で、近松の『百合若大臣』や、それを学んだ竹田出雲の『芦屋道満』や、いずれも同じ系統の作であること云うまでもない。三十三間堂の浄瑠璃も以上の諸作を母として、それに謡曲の『千引』を取入れたものである。即ち陸奥に千引の石という大石があって、甲斐守なにがしが他国へ曳き出そうとするが、石は容易に動かない。すると、そのほとりに貧しい夫婦があって、女房も石をひく夫役を云い付けられる。女の身として諸人にまじわり、左様な役目を勤めるのは恥しいと云って、女房はそこを立退こうとすると、夫は初めて我名をあらわして、実は自分が千引の石の精である。今まで夫婦の契をつづけたる好みに、石はおん身を曳かせてやる。千人が曳いても動かぬ石を、おん身一人で動かせば莫大の恩賞をたまわるに相違ない。それで一生を安らかに送れと云いのこして、夫のすがたは消え失せる。一方には彼の大石が動かぬので、諸人も持余しているところへ、女房が駈付けて自分ひとりで曳くという。諸人も初めは疑ったが、結局許して曳かせると、千引の石は女房の綱にひかれて安々と運び出されると云うのである。この『千引』の材料もおそらく支那から伝わったものであろうが、三十三間堂の作者は更にそれを仮りて来て、夫を女房に作りかえ、夫が曳いては面白くないのでその子に曳かせることに改めたのであろう。誰がかんがえても然うするのが当然である。禽獣草木の精が人間の形となってあらわれた場合には、それを女性化した方が幽怪凄艶の趣が多く、戯曲として取扱うにも便利が多い。

作に就いての話は先ずこのくらいとして、さてその主要なる人物のお柳と平太郎とに就いて考えてみると、私はこの夫婦に対してあまり多く書くべき材料を発見し得ないのを遺憾とする。百合若の妻となったのは鷹であった。保名の妻になったのは狐であった。そうして、いずれも夫婦の仲に男の子を儲けていた。お柳と平太郎の夫婦もそれと同様であるが、かれらのあいだには又別種の約束が結ばれていた。平太郎は今こそ人間であれ、前の世には梛の木であって、柳の大樹と枝をまじえて女夫になっていたのを、蓮花王坊という沙門のために枝を切り裂かれ、梛は法の奇特によって人間と生れ変ったが、柳は枝を裂かれた恨に因っていつまでも非情の果を離れず、やはり柳の精として昔の梛、即ち今の平太郎と再び契りをむすぶと云うのであるから、平太郎が鷹を射て柳を救うことが無くても、両者のあいだには離れることの出来ない因縁が堅く結ばれているのである。作としてはそれだけ複雑な関係になっているが、当人達としてはおそらくそれを迷惑に思っていたであろうと想像される。平太郎としては、自分は矢はり唯の人間で、美しい柳の精を妻にしたかったであろう。お柳としても、梛の生れ変りなどでない正銘の男を夫に有ちたかったであろうが、作者の無用な小細工から梛と柳、この因縁がいつまでも結んで解けないことにされてしまった。有情の人間と無情の草木とが契りをむすぶので、そこに一種の幽玄な気分も浮み出そうというものを、一皮剝けばどちらも草木同士では張合があるまい。気の毒なことである。

それにしても平太郎という男はよほど気の長い人物である。父のかたちを討ちたいが、万一返り討に遇うときは老母を養う者がないから、先ず妻を娶って子を儲け、その子の生長を待って仇討に出ようというのである。仇の苗字もありかも承知していながら、悠々として我子の生長を待っていたらしい。彼はそれを所謂孝心ぶかい所行と心得ていたらしい。そうして、その孝行のためには暗夜にまぎれて近所の畑の作物を毎夜ぬすみ歩くのである。かれは和田四郎を山賊と罵っているが、場合によっては和田四郎の手下にもなり兼ねない男である。勿論、それは彼の罪ばかりでなく、かれの母も「武士のおち目に切取り強盗、恥に似て恥じならず」と平気で云っている。幼い緑丸も父の手引をして、畑あらしの際には見張役を勤めているのである。一家ことごとくこの始末であるから、和田四郎一人を賊と呼び、ゆすりと罵るのは手前勝手も甚だしいように思われる。所詮、この平太郎は極めて意志の弱い、かたき討などは柄にも無さそうな、歯痒いほどに生鈍い男である。もしお柳という妻が柳の精でなかったらば、かれは畑荒しで一生を送るよりほかには何事をも仕出し得ない人間であったろう。たとい悪人の名は受けても、いっそキビキビしているだけに和田四郎の方が頼もしいように思われる。こういう男にお柳がなぜ惚れたか――それを説明するには前の世の約束でも持出すよりほかはあるまい。こうなると、梛と柳との因縁話もまんざら無用でもないように思われてくる。心細いことである。

お柳は優しげな、そうして寂しげな、いかにもこうした悲劇の女主人公らしい人物である。鷹の化けた女よりも、狐の化けた女よりも、柳の精霊が仮に姿をあらわした女、これが一番美しかったに相違ない。私もお柳を歓迎する。彼女は一種の化生の者でありながら、何等の神通力を有っていないのもいい。彼女は飽までも普通の女として、母を愛し、夫を愛し、子を愛していたのである。夫が畑荒しを働くほどの貧苦に迫っていても、彼女はなんの神通力を以てこれを救おうともしなかったのである。作者は勿論この柳を女というものの象徴に用いた訳でもなんでもないが、おのずからに普通の女らしく書かれてあるのはまことによい。そうして、最後の破滅も彼女が最も自然に写されていた。

百合若の鷹は自分のまことの寝姿を我子に見付けられたからである。保名の狐はまことの葛の葉姫がたずねて来たからである。いずれもよんどころない破目ではあるが、このお柳ほどに無残ではない。お柳は我身を斧で打ち砕かれるのである。哀別離苦はどの女もおなじ涙であろうが、お柳は一方に我身を砕かれつつあるのである。『柳の下に待ち受けて夫婦となりしも五つ年の春やむかしの春の頃』――それを云ううちにも残酷な斧の音は丁々と響いているのである。この場合どんな科学者でも植物が人間に化ける筈はないなどという理性を働かせている余地はあるまい。誰も彼も一度に息をのんで、この悼ましい女の苦痛に同情するであろう。この作が今日まで生命を保っている所以はこの一点よりほかに無い。

強て理窟を云えば、ほかに云うべきことが無いでもないが、兎もかくも柳の精霊が女と化して男と契って、その柳が伐倒されるに因ってその契りが断える――たしかに詩的の悲劇である。その狙い所だけは百合若よりも保名よりもたしかに面白い。しかし全曲の結構に至っては第三位に落つること勿論で、全曲五段を読了するには余ほどの忍耐力を要するものである。

木遣音頭の件は、浄瑠璃としても演劇としても寂しいあとを賑やかにする効果は十分に認められる。彼の『千引』では単に夫婦関係に過ぎないのに、これには緑丸を点出して更に親子の情を見せたのはよい。

こう書いて来たところで、何等内容のないには自分でも驚く。しかし私としてはこの浄瑠璃からこれ以上に何物をも発見し得ないのであるから仕方がない。わたしが米国にある時、ウィローツリーの劇の噂をしばしば聞かされた。それは彼のお柳と京人形を合併したようなもので、大分評判がよかったそうであるが、その脚本が印刷されていないので、外国の作者がいかにこの題材を劇化しているかを詳しく知ることの出来ないのが遺憾であった。

三　鎌倉の三代記の人々

紀海音にも『鎌倉三代記』の作があるが、ここにいうは近松半二の作である。これは誰も知る通り、おなじ作者の『近江源氏先陣館』の姉妹編ともいうべきもので、

『近江源氏』は大阪の冬陣を書き、『三代記』はその夏陣をかいたものである。『近江源氏』には例の盛綱陣屋と高綱隠れ家と二つの大きい見せ場があるが、『三代記』には七つ目の三浦別れ以外にこれぞというべき山はない。この七つ目がどういうわけか一般に八つ目とあやまり伝えられているが、八つ目は松田朝光夫婦の道行である。『三代記』は七つ目の一ヶ所が眼目で、他は殆ど問題にならない以上、それにあらわれる人物はその七つ目に主要の役目を勤める人々だけを相手取るよりほかはない。その絹川村閑居の場に活動する主要の人物は、三浦母子と時姫と佐々木高綱との四人である。云うまでもなく、かれらの敵とする北条時政というのは徳川家康のことで、その娘の時姫は千姫で、三浦助義村は木村長門守重成で、佐々木高綱は真田幸村であることは判り切った穿索で、この時代の浄瑠璃作者の常套手段であるが、作者は三浦や時姫の仮名にかくれて、木村や千姫という人物を真実に描き出そうと試みているのではなく、単に木村らしく思わせるとか、千姫らしく思わせるとか云うだけの程度にとどめて置いて、その他は自由に大胆にこれらの人形を操縦しているのである。したがって、この人々が鎌倉時代の人物であろうが、大阪時代の人物であろうが、わたし達に取っては殆どなんの区別もないことで、所詮は史実をはなれて彼等を観察するよりほかはない。

所謂丸本物に対して、理窟をいうのは禁物かも知れないが、わたしの観るところでは、此場《この》の主人公たる三浦助義村という人物もこの時代の人の理想とする忠孝全き武士である。彼が黒い前髪をふり乱して、緋おどしの鎧を着て、弦の切れた弓を杖にして、若宮口の戦場より一文字に母の軒先へ取って返して来たときに、われわれは美しい若武者のほろびゆく運命を悼ましく眺めるばかりであるが、何ぞ測らん、かれの胸中には死に至るまでかたきを倒すという強い執着心を懐いているのである。かたきの娘の恋を利用して、その父を暗殺させようという怖ろしい計略を秘めているのである。しかしそれは彼自身の発意ではない。

若宮口の戦場から敵にうしろを見せて引返して来た事情を、かれは佐々木に向ってこう説明している。

——必死の戦場、切死ときわめし所に、貴殿より火急の早打、このはかりごと成就を見とどけずして死するは不忠、一つには母に今一度、忠孝二つの命をのべ、血汐をかくす着がへの鎧——

三浦助義村は若宮口の戦場で討死する覚悟であった。そこへ佐々木の急使が来た。

それは時姫に云いふくめて父を殺させようという計略を齎《もた》らして来たのであった。三浦はすぐに承諾した。もう一つには彼自身もいう通り、母に一目逢いたいという孝心もまじって、戦場から母の家へ引返して来たのである。この浄瑠璃の作者は「もし落人と人や三浦が孝行の念力通ず母の軒」と説明しているが、三浦がわが家へ逃げ戻って来たのは彼の忠義——計略の方が主眼であって、孝行の方は二の次でなければならない。わたしは作者に対して「人や三浦が忠孝の」と訂正を要求したいと思っている。

手負の彼は門口へ来て倒れた。母に飲ませようとして時姫が沸かしていた独参湯が役に立ってそれが姫の手から彼の口にそそぎ入れられると、彼は正気がついてすぐに母の名を呼んだ。その薬が母にあたうる薬であったと知った時に、かれは「思わず知らず母の慈悲」と感激の涙に咽《むせ》んだ。この場合の彼は単に一個の美《うる》わしい孝子であって、忠義も計略も忘れてしまったに相違ない。彼は「お休みならばお寝顔なりと……」と、われも泣き、ひとも泣かせるような悲しい一句をほとばしらせて、母の枕もとへ這い寄ろうとした。母は蚊帳のなかで瀕死の重病に臥している。子はやがて討死すべき半死の手負である。この母と子とは、障子ひとえを境にして最後の対面——それも母の声を聞くだけであった。

母は我子が重大な役目をかかえて帰って来たことを知らなかった。かれは自分の顔を見に来た未練者と一図に解釈して、うろたえた性根と我子をきびしく叱り付けた。この時代の武士の母としてはおそらくそれが当然であったろう。叱られた三浦は胆にこたえた。彼は武士の道をわすれた罪を母にわびて再び戦場へ一散にかけ向おうとした。かれは重大の役目を忘れてしまったのである。ここですぐに駈出してしまったら、佐々木の計略は何うなるであろうか、いかに母には叱られても、彼はここで佐々木を待合わせていなければならない筈である。しかし私はここでその矛盾を咎めるほどに、彼に対して残酷でありたくない。正直で孝心のふかい彼はその敬愛する母から激励されて、慚愧と後悔と感奮とが一つになって、もうそのほかのことを考えている間もなしに、直ちに跳りあがって戦場へ馳向おうとしたのであろう。そこが彼の如何にも美しいところであると私は解釈している。たとい彼がそのまま戦場へ馳向って討死してしまっても、人間としての彼にはおそらく欠点はあるまいと信じている。

幸いにそこには時姫がいた。彼女は北条時政の娘でありながら、父のかたきの三浦に恋して、押掛嫁のような姿で男の母に仕えているのである。彼女は馴れない水仕事までして忠実に姑に奉公していた。彼女が井戸をくむ時に「桶よ柄杓よさまざまの、名もきはじめ天人の、おりゐの清水に立寄つて」と形容した作者の筆は、おなじ作者の「加茂川もいぢの小川も月やどす、ながれは同じ二人連」と相列んで、生涯の名句の一つに数えられている。恋のほかには何物もない彼女は、この場合に到底おめおめと三浦を出してやる筈がない。彼女は緋威の鎧の袖にとりすがって、「短い夏の一と夜さに、忠義の欠けることもあるまい」とひき留めた。思い余ってうっかり滑らせたこの一言が昔から批難の種になっているらしいが、この場合の時姫としてはこの位のことは云いたかったであろう。三浦が孝の人であると同時に、時姫も恋の人である。三浦が佐々木の約束を忘れたのも、時姫が忠義を軽んじたのも、所詮は自然の人情である。わたしは三浦を咎めないと同じように、時姫をも咎めたくないと思っている。

三浦は兜の忍びの緒を切って名香を香らせている。これを以て作者はかれが木村重成であることを証明しているのであろう。兜を背負っている彼に対して、時姫が「討死の門出には忍びの緒を切るときく」というのはおかしい。忍びの緒を切る以上は、再び兜をぬがない筈ではないか。しかし今はそんなことを問題にしている場合でない。かれは実に一生懸命で男をひきとめた。抑留められてなぜ止まらなかったか。母に激励されて駈出した彼に何等の欠点はなくとも、こうなってもまだ振切って一図に駈出そうとする彼の料見はどう解釈していいか鳥渡わからない。彼はこれを機会に、よんどころないような顔をして踏み留まるべきである。勿論、彼は踏みとどまった。が、踏み留まるまでの波瀾曲折は、どう解釈するのが正当であろうか。かれは時姫をじらして飽までも自分に対する恋の尺度を測るつもりか、或は佐々木の約束をまったく忘れてしまったのか。前者後者のどっちにも理窟は付くのであるが、前者は佐々木のように権謀家のする仕事であって、三浦のような正直者の取るべき手段でない。わたしは後の理窟を以て強情に三浦を弁護したい。計略も陰謀もかれ自身の発意でなく、他人の附焼刃である以上、この場合には孝子の本性のみが発露して、ひたすらに彼を戦場へと急がせたのであろう。

かれに計略を授けた佐々木は安達藤三郎と化けて、已にこの家に入り込んでいるのであるが、それを彼は知っているのか何うか頗る不明瞭である。おそらく彼は知らないのであろう。佐々木はかれと全然性格を異にした人物で、計略のためには自分の額に入墨されることをも恐れない男である。かれは純然たる策師である。自分自身も所謂軍師を以て任じている人物である。三浦は愛すべき人である。佐々木は恐るべき人である。

三浦が薬をあたために奥へ行った留守に、佐々木があらわれて時姫を口説くのである。これはたしかに彼の策略である。時姫のこころを探る手段に相違ない。彼は時姫の心が動かないのを見さだめて井筒のなかへ隠れてしまった。それと入替って三浦があらわれて来た。かれは先刻から奥に忍んで佐々木の行動を窺っていたのであろう。そうして自分の役目を果すべく再び時姫のまえに立ったのであろう。これを境として彼は純朴なる忠臣——策略家となってしまったのである。

更に説明すれば、かれは佐々木から計略を授けられて、それを成就するのが主要の目的でわが家へ帰って来た。しかも母の薬を飲まされ、母の容態を聞くに及んで、孝行な彼のこころは一図に母の方へ引付けられてしまった。彼はもう附焼刃の計略などを忘れてしまった。母に激励された彼は、母を捨て、妻をすてて、遮二無二戦場へ駈けて行こうとした。彼が結局踏みとどまったのも母のためであって、計略のためではない。『せめて暫しはよそながら、万分一の恩報じ、御薬なりとも温めん』というのは彼の詐らざる声であった。しかも佐々木が出現したのをみて、かれは心機一転した。彼はもう一個の孝子ではいられなくなった。かれは自分に重大の使命のあることを今更に覚った。かれは佐々木の口真似をして時姫の耳におそろしい計略を吹き込むことになったのである。前半は孝子、後半は忠臣、その区劃が判然としているところに、却って三浦その人の正直な美しい性格が流露していると思う。

彼の畏敬している佐々木高綱という人物は、前にもいう通り、目的のまえには何者をも犠牲にする恐るべき策師である。この時代の人の習として「龍は時を得て天地に蟠まり」などと無暗に偉らそうな広言を吐くところに、多少の愛すべき稚気がないでもないが、徹頭徹尾策略のために生きているような彼に対しては、私はあまり多くの云うべき詞を有っていない。その策略の犠牲となった時姫は、一旦佐々木に伴われて父の館へは帰りながら、流石は父へは刃を向けかねて遂に自害して果てるのである。

同じく自害して果てる命ならば、時姫は三浦の家で死にたかったであろう。三浦も亦、母に別れ、妻にわかれて、十分に潔よく討死したかったであろう。この若い二人の最期は飽までも清く美しいものでなければならない。なまじいに余計な策略をめぐらして、正直な三浦をも残忍な策略家の仲間へひきずり込み、あわせて時姫をも憐むべき犠牲に供した佐々木という人物は、呪うべきである。かれは幾人の身代りを殺した。わが子の小四郎をも敵に生捕らせた。兄の盛綱にも腹を切らせた。最後には正直者の安達藤三郎を身代りにした。それから惹いて藤三郎の女房をも殺した。時姫を殺した。三浦の首をとって敵に渡した。いかに戦国時代とは云いながら、彼のような人間の生れたのは世の禍であった。

三代記にあらわれた人物のうちで、愛すべきは三浦である。憐むべきは時姫である。恐るべきは佐々木であると、私はくり返して云う。

創作の思い出

自作初演の思い出

私はこの（一九三二年）十月十五日を以て、第六十一回の誕辰、いわゆる還暦の日を迎えることになった。若いときから孱弱《せんじゃく》多病の体質の所有者がこの年まで兎《と》も角《かく》も生きながらえて来たということは、自分ながら不思議にも思われるくらいである。世間並に云えば、先ずは目出たいと申さなければならない。

しかもこの際、還暦記念とか祝賀とかいうような計画に対しては、私は一切謝絶することにした。私が還暦の日を迎えると云うことは、要するに自分一個の私事で、それがために他人に何等かの迷惑をかけるのは甚だ心苦しいからである。

ところで、舞台社同人等は私に対して何かの感想を書けという。別に感想もない。前に云った通り、自分はこの年までよく生きたものだと思うに過ぎない。殊に私の性質として、ややもすれば自己宣伝に陥り易いような自叙伝めいたことを書くのは嫌いである。そうなると、いよいよ語るべきことも無い。

「自作初演の思い出」――これは曾て或《ある》雑誌に書いたこともあるので、既に読んでいる人々もあるかも知れないが、この際、自分一個の思い出話として、重複を厭わずに少しく語ってみようかと思うのである。

私の書いたものが初めて舞台に上せられたのは、明治三十五年の春、歌舞伎座の正月興行であった。その当時の歌舞伎座株式会社の専務取締役は井上竹二郎氏で、春興行には菊五郎（五代目）が毎年出勤するのであるが、病気で出勤もむずかしいことになったから、若手ばかりで開場しなければならない。就ては何か新作物がほしい。勿論お正月の藪入連を相手にするのであるから、そういう向きの物でなければ困るという話があったので、條野採菊翁（鏑木清方君の父）と岡鬼太郎君と私との三人が俄にそれを引受けることになった。

芝居道多年の習慣たる合作ということに就ては、我々もとより反対であったが、正直のところ、誰か一人が全部の執筆を引受けるというのでは、どうも信用がないらしい。なにしろ素人の書いたものは芝居にならないと決められていた時代であるから、比較的新しい興行方針を取ろうとしている井上氏でも、全部の執筆を一人に委托するということは、少しく不安心に思っているらしい様子も見えるので、やはり我々三人が分担して書くことにしたのである。

今日とは違って、その時代には盆と正月との藪入り、その習慣が一般に残っていたので、正月狂言と盆狂言とはどうしても藪入りの観客を眼中に置かなければならない。藪入りの小僧達や、それと連れ立って来る阿母《おっか》さんや姉さん達を相手にして新しい狂言を書くということは、随分難儀な仕事ではあるが、その当時のわたし達は何かの機会をみつけて局外者の脚本を劇場内に送り込んで、「入らずの間」の扉をこじ明けようと苦心している最中であったから、何でも構わない、こういう機会を逃さずに書いてみせて、素人の作った芝居でも金が儲かるということを芝居道の人たちに覚らせるが好いというので、藪入り連中相手ということを承知の上で引受けたが、扱そうなると、題材がなかなかむずかしい。

そこで、先ず正月らしいものというので、凧をかんがえた。凧は先年この座で菊五郎の上演した『奴凧』の浄瑠璃がある。何かそれとは離れたもので、凧の芝居はないかと云うことになると、條野採菊翁は柿の木金助のことを云い出した。

柿の木金助は大凧に乗って名古屋の天守閣に登って、金の鯱《しゃち》の鱗をはがしたと伝えられている。彼は享保年間に尾州領内をあらし廻った大賊で、その事蹟は諸種の記録に散見している。併し天守閣の鯱を盗んだと云うのは嘘か本当かという疑問も出たのであるが、やまと新聞社の田中霜柳君は長く名古屋にいた人で、それは事実である、現に尾州藩の家老成瀬隼人正の書いた金鱗紛失記というものがあると教えてくれたので、私たちも大に力を得て、いよいよその柿の木金助を四幕の二番目物に脚色することに決めた。そうして、それを三人で分担して書くことになるとあいにくに採菊翁が病気になったので、岡君が第一幕と第三幕、わたしが第二幕と第四幕を書くことにして、兎も角も大急ぎで全部を纏めてしまった。

それは前年の歳末のことで、その本読みの時に私たちは立会わなかったが、脚本を歌舞伎座へ渡してから一週間ほどの後に、いよいよ上演に決したという通知を受取った。

そのときの狂言は一番目が芝翫（後の歌右衛門）の『朝比奈』、中幕が栄三郎（後の梅幸）の『八重垣姫』、二番目が彼の柿の木金助、その名題は岡君と相談の上で『金鯱噂高浪』と据えたのである。役割は家橘（後の羽左衛門）の金助で、ほかに芝翫、松助、八百蔵（後の中車）、高麗蔵（後の幸四郎）、女寅（後の門之助）などもそれぞれの役割を勤めていた。

先年の震災で日記全部を焼失してしまったので、確なことは思い出せないが、なんでも暮の二十七、八日頃と記憶している。歌舞伎座から鳥渡《ちょつと》来てくれという通知を受取ったので、岡君と私は午後四時頃から出て行った。

不愉快な思い出はこれから始まるのである。

前にもいう通り、歌舞伎座から鳥渡来てくれと呼び寄せられて、岡君と私は午後四時頃から同座の仕切場へ出て行くと、二階の広間では稽古最中で、仕切場には大勢の人が押合って混雑していた。

やがて狂言作者の竹柴なにがしが二階から降りて来た。この人は明治の末年に死んだが楽屋内でも意地の悪いという噂のあることを私たちも薄々知っていた。私は福地桜痴居士の宅で彼に屢々面会したこともあり、往来で出逢っても立話をするほどに、心安くしていたのである。しかも彼がきょうの態度は平素とまったく変っていた。

彼はよそ行きの切口上で最初から挨拶した。だんだん話してゆく間に、私たちのような局外者のかいた脚本を上演するに対して、かれ等の一派が著るしい反感を懐いているらしいことは、その態度と語気とでありありと窺われた。かれは一面には非常に叮嚀な、一面には又皮肉なような口吻で、彼の脚本を私たちの前にならべて、その四、五ヶ所に就てここはこれで宜しいのでしょうかと云う質問を発した。かれの意はこれで芝居になるかと云うにあることは私達にもよく察せられたが、私達は素知らぬ顔をして、それで宜しいと皆な答えた。すると、彼は最後にこういうことを云い出した。この脚本の第三幕を全部書き直してくれというのである。

第三幕は岡君の受持で、柿の木金助が凧に乗って名古屋城の鯱の鱗をぬすむ件である。なまじいに写実に書いては面白くないというので、一種の浄瑠璃物のような形式を取って、この一幕は常磐津を用いてある。然るに今度の興行には常磐津を使わないことにしたから、これを長唄に書き直してくれと云うのである。彼は念を押して、どうぞ長唄で歌えるように全部書きかえて下さいと、皮肉らしく云った。かれの意は、おまえ達に常磐津と長唄とが書き分けられるかと云うにあることも、私たちに察せられた。しかも彼は、大急ぎですから直ぐにここで書いて下さいと云った。

なるほど常磐津と長唄とは違っている。しかしその一部に多少の訂正を加えれば済む筈であるのに、彼は全部を書きかえろと云い、且は直ぐにこの場で書けという。所詮は種々の難題を提出して私たちを苦める積りであることは判っていた。それに対して、私達が何とも返答を与えないうちに、何かの用があって他の人が彼を呼びに来たので、彼は脚本をわたし達の前に突きつけて、何分願いますと云って立去った。

かれの態度に対して、私たちが憤懣を感じたのは云うまでもない。その頃は我々もまだ年が若いから、その憤懣はまた一層で岡君はもう脚本を撤回すると云い出した。それは当然のことである。併し彼等の態度は格別として、今更この脚本を撤回すると云っては、劇場側でも迷惑するに相違ない。折角われわれの脚本を採用して呉れようとした井上氏に対しても気の毒である。それのみならず、ここで喧嘩をしてしまうと、それだから素人には困るとかいう口実を彼等にあたえて、今後も直接間接に局外者の脚本上演の妨碍になる。それらを考えると私達も弱気になって、此際おたがいに我慢して先方の注文を容れることにした。もう一つには、彼等が意地悪く我々を困らせようとするのであるから、直ぐにその註文通りのものを拵えあげて、彼等にぐうの音も出ないようにして遣ろうという意地もあった。

そこで、わたし達は仕切場の筆と紙とを借りて来て畳の上にうつ伏して第三幕の改作に取りかかった。大勢の人が押合ってごたごたしているなかで、岡君が執筆する。

わたしが傍から助言する。勿論大いそぎで兎も角も三十分あまりの間に一幕の浄瑠璃を書きあげてしまった。どうせ名文句などの出来る筈もないが、こうなると理窟よりも意地の方が先に立って、なんでも彼でも即座に書きあげて彼等の前に叩き付けて遣らなければ気が済まなかったのである。

それが出来あがって、ふたりが最初から読み直しているところへ、彼の竹柴なにがしが再びあらわれて、どうでしょう、もうお出来になりましたかと催促に来た。そこでその原稿を渡してやると、彼は一応よみ、更に再び読みかえしていた。又なにか云い出すかとわたし達はその顔を睨んでいるとかれは別になんにも云わず、唯一句、ありがとうございましたと云った。

それから彼は番附のカタリを書いてくれと云い出した。我々は商売人でないからそういうものは出来ないと断ると、彼はまた皮肉らしくこういうことを云った。番附のカタリを書くのは立作者の役目である。現に黙阿弥も書いた。已に一つの狂言をかく以上、カタリを書くほどの心得はあるべき筈であるから、是非あなた方にお願い申すというのである。こうなると、又一種の意地が出て、矢でも鉄砲でもなんでも持って来いという料簡になって、又もや直ぐに書いて渡した。そのカタリの全文がどういうわけか、田村成義翁の続々歌舞伎年代記に掲載されている。今日それを読むと汗顔に堪えないが、右の事情で、その時にはあれでも一生懸命に書いたのである。但し年代記に紹介されている略筋《あらすじ》は全然間違っている。

竹柴なにがしもその上には註文を出さなかった。まだほかに御用がありますかと訊くと、もう別にお願い申すことはございませんと云うので、私達は早々にそこを出た。不愉快極まる空気の中から抜け出して、私はほッとした。

まだ電車のない時代であるから、岡君と銀座で別れて、わたしは徒歩で麴町の家へ帰ったが、夜の堀端をあるきながら私は色々のことを考えた。こんな不愉快を忍んでまでも、劇作をしなければならない必要があるであろうか。いっそ岡君の主張した通りに、脚本を撤回して仕舞った方がよかったかも知れない。今度のことは今更已むを得ないとしても、先ず当分は芝居などを書こうとは思うまいと、私は考えた。わたしの頭は云い尽されない不愉快を以て埋められていた。今と違って、堀端には宵から往来が少い。師走の風は寒く吹いて、暗い水の上には雁の鳴く声がきこえた。その当時の情景は今でもありありと私の頭に残っている。わたしはその頃、戯曲『弟切草』を書きかけていたのであるが、家へ帰ると直ぐにその原稿を本箱のなかへ押込んでしまった。河竹黙阿弥翁も両国橋から飛び込もうと思ったことがあるそうである。古今を問わず、芝居を書こうなどと思い立つと、碌な目には逢わないものだと、私はその晩眠らずに考えつづけた。

そんなわけであるから、自作が兎もかくも上演されると云うことに対して、岡君もわたしも余り多くの興味も期待も持たれなくなった。歌舞伎座は予定のごとく一月九日から開場したが、この興行は成績が思わしくなかったようである。諸新聞の劇評もあまり注意して読まなかったが、毀誉相半するという程度であったらしい。彼の続々歌舞伎年代記にはこの二番目狂言「世評よからず」とある。それが本当であったかも知れない。

初陣の不覚は生涯附き纏うものだと、昔の武士は云い慣わしているが、私の初陣は実にかくの如き不覚を以て終始したのである。その不覚のいつまでも附き纏うのは是非も無いのであろう。その時代から考えると三十余年、劇場内外の形勢は著るしく変った。勿論、今日でも種々の弊害や欠点はあるが、その当時に比較すれば大体に於ては夜と朝ぐらいに相違していると云ってよい。

その時に私たちが貰った上演料は、四幕に対して五十円であった。噂に聞けば、内部では三十円ぐらいでよかろうという説であったのを、それでは余りに気の毒だと云って、井上氏が特に五十円にして呉れたのだとか云うことであった。座附の狂言作者等がわたし達の脚本上演に対して不満を懐いていたのは事実で、素人のかいたものを無条件で採用するならば、我々の書いた物も今後は続々上演してくれと迫って、井上氏を頗る困らせたという噂も聞いた。彼の竹柴なにがしは或《ある》事情のために、その翌年の夏頃に歌舞伎座をクビになった。

「半七捕物帳」の思い出

初めて「半七捕物帳」を書こうと思い付いたのは、大正五（一九一六）年の四月頃とおぼえています。その頃わたしはコナン・ドイルのシャアロック・ホームズを飛びとびに読んでいたが、全部を通読したことが無いので、丸善へ行ったついでに、シャアロック・ホームズのアドヴェンチュアとメモヤーとレターンの三種[*1]を買って来て、一気に引きつづいて三冊を読み終えると、探偵物語に対する興味が油然《ゆうぜん》と湧き起って、自分もなにか探偵物語を書いてみようという気になったのです。勿論、その前にもヒユームなどの作も読んでいましたが、わたしを刺戟したのはやはりドイルの作です。しかしまだ直ぐには取りかかれないので、さらにドイルの作を獲《あさ》って、かのラスト・ギャリーや、グリーン・フラグや、爐畔《ろはん》物語[*2]や、それらの短篇集を片っ端から読み始めました。しかし一方に自分の仕事があって、その頃は時事新報の連載小説の準備もしなければならなかったので、読書もなかなか捗取《はかど》らず、最初からでは約ひと月を費《ついや》して、五月下旬にようやく以上の諸作を読み終りました。

　そこで、いざ書くという段になって考えたのは、今までに江戸時代の探偵物語というものが無い。大岡政談や板倉政談はむしろ裁判を主としたものであるから、新たに探偵を主としたものを書いてみたら面白かろうと思ったのです。もう一つには、現代の探偵物語を書くと、どうしても西洋の模倣に陥り易い虞《おそ》れがあるので、いっそ純江戸式に書いたならば一種の変った味のものが出来るかも知れないと思ったからでした。幸いに自分は江戸時代の風俗、習慣、法令や、町奉行、与力、同心、岡っ引などの生活に就いても、ひと通りの予備知識を持っているので、まあ何とかなるだろうという自信もあったのです。

　その年の六月三日から、まず「お文《ふみ》の魂」四十三枚をかき、それから「石燈籠」四十枚をかき、更に「勘平の死」四十一枚を書くと、八月から国民新聞の連載小説を引き受けなければならない事になりました。時事と国民、この二つの新聞小説を同時に書いているので、捕物帳はしばらく中止の形になっていると、そのころ文芸倶楽部の編集主任をしていた森暁《ぎょうこう》紅君から何か連載物を寄稿しろという註文があったので、「半七捕物帳」という題名の下にまず前記の三種を提出し、それが大正六年の新年号から掲載され始めたので、引きつづいてその一月から「湯屋の二階」「お化《ばけ》師匠」「半鐘の怪」「奥女中」を書きつづけました。雑誌の上では新年号から七月号にわたって連載されたのです。

そういうわけで、探偵物語の創作はこれが序開きであるので、自分ながら覚束ない手探りの形でしたが、どうやら人気になったと云うので、更に森君から続篇をかけと註文され、翌年の一月から六月にわたって又も六回の捕物帳を書きました。その後も諸雑誌や新聞の注文をうけて、それからそれへと書きつづけたので、捕物帳も案外多量の物となって、今まで発表した物語は四十数篇あります。

半七老人は実在の人か――それに就いてしばしば問い合せを受けます。勿論、多少のモデルが無いでもありませんが、大体に於いて架空の人物であると御承知ください。おれは半七を識《し》っているとか、半七のせがれは歯医者であるとか、或いは時計屋であるとか、甚だしいのはおれが半七であると自称している人もあるそうですが、それは恐らく、同名異人で、わたしの捕物帳の半七老人とは全然無関係であることを断わっておきます。

前にも云った通り、捕物帳が初めて文芸倶楽部に掲載されたのは大正六年の一月で、今から振り返ると十年余りになります。その文芸倶楽部の誌上に思い出話を書くにつけて、今更のように月日の早いのに驚かされます。

＊1　『シャーロック・ホームズの回想』（一八九二）、『シャーロック・ホームズの思い出』（一八九四）、『シャーロック・ホームズの帰還』（一九〇五）の三つの短編集のこと。ホームズの短編集は他に二冊あるが、大正五年の時点ではまだ刊行されていない。

＊2　コナン・ドイルの短編集THE LAST GALLEY, 1910、THE GREEN FLAG, 1900、ROUND THE FIRE STORIES, 1908のこと。

半七紹介状

明治二十四年四月第二日曜日、若い新聞記者が浅草公園弁天山の惣菜《そうざい》「岡田」へ午《ひる》飯《めし》を食いに這入《はい》った。花盛りの日曜日であるから、混雑は云うまでも無い。客と客とが膳を押し合うほどに混み合っていた。

その記者の隣りに膳をならべているのは、六十前後の、見るから元気のよい老人であった。なにしろ客が立て込んでいるので、女中が時どきにお待遠《まちどお》さまの挨拶をして行くだけで、註文の料理はなかなか運ばれて来ない。記者は酒を飲まない。隣りの老人は一本の徳利を前に置いているが、これも深くは飲まないとみえて、退屈しのぎに猪口をなめている形である。

花どきであるから他のお客様はみな景気がいい。酔っている男、笑っている女、賑やかを通り越して騒々しい位であるが、そのなかで酒も飲まず、しかも独りぼっちの若い記者は、唯ぼんやりと坐っているのである。隣りの老人にも連れはない。註文の料理を待っているあいだに、老人は記者に話しかけた。

「どうも賑やかですね。」

「賑やかです。きょうは日曜で天気もよし、花も盛りですから。」と、記者は答えた。

「あなたは酒をお飲みになりませんか。」

「飲みません。」

「わたしも若いときには少し飲みましたが、年を取っては一向いけません。この徳利も退屈しのぎに列《なら》べてあるだけで……。」

「ふだんはともあれ、花見の時に下戸はいけませんね。」

「そうかも知れません。」と、老人は笑った。「だが、芝居でも御覧なさい。花見の場で酔っ払っているような奴は、大抵お腰元なんぞに嫌われる敵役で、白塗りの色男はみんな素面ですよ。あなたなんぞも二枚目だから、顔を赤くしていないんでしょう。あははははは。」

　こんなことから話はほぐれて、隣同士が心安くなった。老人がむかしの浅草の話などを始めた。老人は瘦ぎすの中背で、小粋な風采といい、流暢な江戸弁といい、紛れもない下町の人種である。その頃には、こういう老人がしばしば見受けられた。

「お住居は下町ですか。」と、記者は訊いた。

「いえ、新宿の先で……。以前は神田に住んでいましたが、十四、五年前から山の手の場末へ引っ込んでしまいまして……。馬子唄で幕を明けるようになっちゃあ、江戸っ子も型なしです。」と、老人はまた笑った。

だんだん話しているうちに、この老人は文政六年未年（一八二三）の生まれで、ことし六十九歳であるというのを知って、記者はその若いのに驚かされた。

「いえ、若くもありませんよ。」と、老人は云った。「なにしろ若い時分から体に無理をしているので、年を取るとがっくり弱ります。もう意気地はありません。でも、まあ仕合せに、口と足だけは達者で、杖も突かずに山の手から観音さままで御参詣に出て来られます。などと云うと、観音様の罰が中《あた》る。御参詣は附けたりで、実はわたくしもお花見の方ですからね。」

話しながら飯を食って、二人は一緒にここを出ると、老人はうららかな空をみあげた。

「ああ、いい天気だ。こんな花見日和は珍らしい。わたしはこれから向島へ廻ろうと思うのですが、御迷惑でなければ一緒にお出になりませんか。たまには年寄りのお附合いもするものですよ。」

「はあ、お供しましょう。」

二人は吾妻橋を渡って向島へ行《ゆ》くと、ここもおびただしい人出である。その混雑をくぐって、二人は話しながら歩いた。自分はたんとも食わないのであるが、若い道連れに奢ってくれる積りらしく、老人は言問団子に休んで茶を飲んだ。この老人はまったく足が達者で、記者はとうとう梅若まで連れて行かれた。

「どうです、くたびれましたか。年寄りのお供は余計にくたびれるもので、わたしも若いときに覚えがありますよ。」

長い堤を引返して、二人は元の浅草へ出ると、老人は辞退する道連れを誘って、奴うなぎの二階へあがった。蒲焼で夕飯を食ってここを出ると、広小路の春の灯は薄い靄のなかに沈んでいた。

「さあ、入相《いりあい》の鐘がボーンと来る。これからがあなた方の世界でしょう。年寄りはここでお別れ申します。」

「いいえ、わたしも真直ぐに帰ります。」

老人の家は新宿のはずれである。記者の家も麹町である。おなじ方角へ帰る二人は、門跡前から相乗りの人力車に乗った。車の上でも話しながら帰って、記者は半蔵門あたりで老人に別れた。

言問では団子の馳走になり、奴では鰻の馳走になり、帰りの車代も老人に払わせたのであるから、若い記者はそのままでは済まされないと思って、次の日曜に心ばかりの手みやげを持って老人をたずねた。その家のありかは、新宿といってもやがて淀橋に近いところで、その頃はまったくの田舎であった。先日聞いておいた番地をたよりに、尋ねたずねて行き着くと、庭は相当に広いが、四間ばかりの小さな家に、老人は老婢《ばあや》と二人で閑静に暮らしているのであった。

「やあ、よくお出でなすった。こんな処は堀の内のお祖師《そし》さまへでも行く時のほかは、あんまり用のない所で……。」と、老人はよろこんで記者を迎えてくれた。

それが縁となって、記者はしばしばこの老人の家を尋ねることになった。老人は若い記者にむかって、色々のむかし話を語った。老人は江戸以来、神田に久しく住んでいたが、女房に死に別れてからここに引込んだのであるという。養子が横浜で売込商のようなことを遣っているので、その仕送りで気楽に暮らしているらしい。江戸時代には建具屋を商売にしていたと、自分では説明していたが、その過去に就いては多く語らなかった。

老人の友達のうちに町奉行所の捕方《とりかた》、すなわち岡っ引の一人があったので、それからいろいろの捕物の話を聞かされたと云うのである。

「これは受け売ですよ。」

こう断わって、老人は「半七捕物帳」の材料を幾つも話して聞かせた。若い記者はいちいちそれを手帳に書き留めた。――ここまで語れば大抵判るであろうが、その記者はわたしである。但し老人の本名は半七ではない。

老人の話が果して受け売か、あるいは他人に托して自己を語っているのか、恐らく後者であるらしく想像されたが、彼はあくまでも受け売を主張していた。老人は八十二歳の長命で、明治三十七年の秋に世を去った。その当時、わたしは日露戦争の従軍新聞記者として満洲に出征していたので、帰京の後にその訃を知ったのは残念であった。

「半七捕物帳」の半七老人は実在の人物であるか無いかという質問に、わたしはしばしば出逢うのであるが、有るとも無いとも判然《はっきり》と答え得ないのは右の事情に因るのである。前にも云う通り、かの老人の話が果して受け売であれば、半七のモデルは他にある筈である。もし彼が本人であるならば、半七は実在の人物であるとも云い得る。いずれにしても、私は彼《か》の老人をモデルにして半七をかいている。住所その他は私の都合で勝手に変更した。

但し「捕物帳」のストーリー全部が、かの老人の口から語られたのではない。他の人々から聞かされた話もまじっている。その話し手をいちいち紹介してはいられないから、ここでは半七のモデルとなった老人を紹介するにとどめて置く。

はなしの話

七月四日、アメリカ合衆国の独立記念日、それとは何の関係もなしに、左の上の奥歯二枚が俄《にわか》に痛み出した。歯の悪いのは年来のことであるが、今度もかなりに痛む。おまけに六日は三十四度という大暑、それやこれやに悩まされて、ひどく弱った。九日は帝国芸術院会員が初度の顔合せというので、私も文相からの案内を受けて、一旦は出席の返事を出しておきながら、更にそれを取消して、当夜はついに失礼することになった。歯はいよいよ痛んで、ゆるぎ出して、十一日には二枚ながら抜けてしまった。

私の母は歯が丈夫で、七十七歳で世を終るまで一枚も欠損せず、硬い煎餅でも何でもバリバリと齧《かじ》った。それと反対に、父は歯が悪かった。ややもすれば歯痛に苦められて、上下に幾枚の義歯を嵌め込んでいた。その義歯は柘植の木で作られていたように記憶している。私は父の系統をひいて、子供の時から齲歯《くし》の患者であった。

思えば六十余年の間、私はむし歯のために如何ばかり苦められたかわからない。むし歯は自然に抜けたのもあり、医師の手によって抜かれたのもあり、年々に脱落して、現在あます所は上歯二枚と下歯六枚、他はことごとく入歯である。その上歯二枚が一度に抜けたのであるから、上顎《あご》は完全に歯なしとなって、総入歯のほかはない。

世に総入歯の人は幾らもある。現にわたしの親戚知人のうちにも幾人かを見出すのであるが、たとい一枚でも二枚でも自分の生歯があって、それに義歯を取つけている中は、いささか気丈夫であるが、それがことごとく失われたとなると、一種の寂寥を覚えずにはいられない。大きくいえば、部下全滅の将軍と同様の感がある。

馬琴も歯が悪かった。八犬伝の終りに記されたのによると「逆上口痛の患ひ起りしより、年五十に至りては、歯はみな年々にぬけて一枚もあらずなりぬ」とある。馬琴はその原因を読書執筆の過労に帰しているが、単に過労のためばかりでなく、生来が歯質の弱い人であったものと察せられる。五十にして総入歯になった江戸時代の文豪にくらべれば、私などはまだ仕合せの方であるかも知れないと、心ひそかに慰めるの外はない。殊に江戸時代と違って、歯科の技術も大いに進歩している今日に生れ合せたのは、更に仕合せであると思わなければならない。それにしても、前にいう通り、一種寂寥の感は消えない。

私をさんざん苦めた後に、だんだんに私を見捨てて行く上歯と下歯の数々、その脱落の歴史については、また数々の思い出がある。それを一々語ってもいられず、聞いてくれる人もあるまいが、そのなかで最も深く私の記憶に残っているのは、奥歯の上一枚と下一枚の抜け落ちた時である。いずれも右であった。

北支事変の風雲急なる折柄、殊にその記憶がまざまざと甦って来るのである。

明治三十七年、日露戦争の当時、わたしは従軍新聞記者として満洲の戦地へ派遣されていた。遼陽陥落の後、私たちの一行六人は北門外の大紙房《ターシーファン》という村に移って、劉という家の一室に止宿していたが、一室といっても別棟の広い建物で、満洲普通の農家ではあるが、比較的清浄に出来ているので、私たちは喜んでそこに一月ほどを送った。

先年の震災で当時の陣中日記を焼失してしまったので、正確にその日をいい得ないが、なんでも九月の二十日前後とおぼえている。四十歳ぐらいの主人がにこにこしながら這入って来て、今夜は中秋であるから皆さんを招待したいという。私たちは勿論承知して、今夜の宴に招かれることになった。

山中ばかりでなく、陣中にも暦日がない。まして陰暦の中秋などは我々の関知する所でなかったが、二、三日前から宿の雇人等が遼陽城内へしばしば買物に出てゆく。それが中秋の月を祭る用意であることを知って、もう十五夜が来るのかと私たちも初めて気がついた。それがいよいよ今夜となって、私たちはその御馳走に呼ばれたのである。ここの家は家族五人のほかに雇人六人も使っていて、先《ま》ず相当の農家であるらしいので、今夜は定めて御馳走があるだろうなどと、私達はすこぶる嬉しがって、日の暮れるのを待ち構えていた。

きょうは朝から快晴で、満洲の空は高く澄んでいる。まことに申分のない中秋である。午後六時を過ぎた頃に、明月が東の空に大きく昇った。ここらの月は銀色でなく、銅色である。それは大陸の空気が澄んでいるためであると説明する人もあったが、うそか本当か判らない。いずれにしても、銀盤とか玉盤とか形容するよりも、銅盤とか銅鏡とかいう方が当っているらしい。それが高く闊《ひろ》い碧空に大きく輝いているのである。

この家の主人夫婦、男の児、女の児、主人の弟、そのほかに幾人の雇人等が袖をつらねて門前に出た。彼等は形を正して、その月を拝していた。それから私達を母屋へ招じ入れて、中秋の宴を開くことになったが、案の如くに種々の御馳走が出た。豚、羊、鶏、魚、野菜のたぐい、あわせて十種ほどの鉢や皿が順々に運び出されて、私たちは大いに満腹した。そうしてお世辞半分に「好々的《ホーホーデー》」などと叫んだ。

宴会は八時半頃に終って、私たちは愉快にこの席を辞して去った。中には酩酊して、自分たちの室へ帰ると直ぐに高鼾《たかいびき》で寝てしまった者もあった。あるいは満腹だから少し散歩して来るという者もあった。私も容易に眠られなかった。それは満腹のためばかりでなく、右の奥の下歯が俄に痛み出したのである。久し振りで種々の御馳走にあずかって、いわゆる餓虎の肉を争うが如く、遠慮もお辞儀もなしに貪り食らった祟りが忽《たちま》ちにあらわれ来ったものと知られたが、軍医部は少し離れているので、薬をもらいに行くことも出来ない。持合せの宝丹を塗ったぐらいでは間に合わない。私はアンペラの敷物の上にころがって苦しんだ。

歯はいよいよ痛む。いっそ夜風に吹かれたら好いかも知れないと思って、私はよほど腫れて来たらしい右の頬をおさえながら、どこを的ともなしに門外まで迷い出ると、月の色はますます明るく、門前の小川の水はきらきらと輝いて、堤の柳の葉は霜をおびたように白く光っていた。

わたしは夜なかまでそこらを歩きまわって、二度も歩哨の兵士にとがめられた。宿へ帰って、午前三時頃から疲れて眠って、あくる朝の六時頃、洗面器を裏手の畑へ持ち出して、寝足らない顔を洗っていると、昨夜来わたしを苦しめていた下歯一枚がぽろりと抜け落ちた。私は直ぐにそれを摘んで白菜《バイサイ》の畑のなかに投げ込んだ。そうして、ほっとしたように見あげると、今朝の空も紺青に高く晴れていた。

もう一つの思い出は、右の奥の上歯一枚である。

大正八年八月、わたしが欧洲から帰航の途中、三日ばかりは例のモンスーンに悩まされて、かなり難儀の航海をつづけた後、風雨もすっかり収まって、明日はインドのコロンボに着くという日の午後である。

私はモンスーン以来痛みつづけていた右の奥歯のことを忘れたように、熱田丸の甲板を愉快に歩いていた。船医の治療を受けて、きょうの午頃から歯の痛みも全く去ったからである。食堂の午飯も今日は旨く食べられた。暑いのは印度洋であるから仕方がない。それでも空は青々と晴れて、海の風がそよそよと吹いて来る。暑さに茹《ゆだ》って昼寝でもしているのか、甲板に散歩の人影も多くない。

モンスーンが去ったのと歯の痛みが去ったのと、あしたは印度へ着くという楽しみとで、私は何か大きい声で歌いたいような心持で、甲板をしばらく横行闊歩していると、偶然に右の奥の上歯が揺ぐように感じた。今朝まで痛みつづけた歯である。指で摘んで軽く揺すってみると、案外に易々《やすやす》と抜けた。

なぜか知らないが、その時の私はひどく感傷的になった。何十年の間、甘い物も食った。まずい物も食った。八百善の料理も食った。家台店のおでんも食った。その色々の思い出がこの歯一枚をめぐって、廻り燈籠のように私の頭のなかに閃いて通った。

私はその歯を把《にぎ》って海へ投げ込んだ時、恰も二尾の大きい鱶《ふか》が蒼黒い脊《せ》をあらわして、船を追うように近づいて来た。私の歯はこの魚腹に葬られるかと見ていると、鱶はこんな物を呑むべく余りに大きい口をあいて、厨《くりや》から投げあたえる食い残りの魚肉を猟っていた。私の歯はそのまま千尋の底へ沈んで行ったらしい。わたしはまだ暮れ切らない大洋の浪のうねりを眺めながら、暫《しばら》くそこに立尽していた。

前の下歯と後の上歯と、いずれもそれが異郷の出来事であった為に、記憶に深く刻まれているのであろうが、こういう思い出は兎角にさびしい。残る下歯六枚については、余り多くの思い出を作りたくないものである。

目黒の寺

住み馴れた麴町を去って、目黒に移住してから足かけ六年になる。そのあいだに「目黒町誌」をたよりにして、区内の旧蹟や名所などを尋ね廻っているが、目黒もなかなか広い。殊に新市域に編入されてからは、碑衾町《ひぶすまちょう》をも包含することになったので、私のような出不精の者には容易に廻り切れない。

ほかの土地は兎もあれ、せめて自分の居住する区内の地理だけでも一通りは心得て置くべきであると思いながら、いまだに果し得ないのは甚だお恥かしい次第である。その罪ほろぼしと云うわけでもないが、目黒の寺々について少しばかり思い附いたことを書いてみる。

目黒には有名な寺が多い。先ず第一には目黒不動として知られている下目黒の滝泉寺、祐天上人《ゆうてんしょうにん》開山として知られている中目黒の祐天寺、政岡の墓の所在地として知られている上目黒の正覚寺などを始めとして、大小十六の寺院がある。私はまだその半分ぐらいしか尋ねていないので、詳しいことを語るわけには行かないが、いずれも由緒の古い寺々で、旧市内の寺院とはおのずからその趣を異にし、雑踏を嫌う私たちには好い散歩区域である。唯、どこの寺でも鐘を撞《つ》かないのがさびしい。

目黒には寺々あれど鐘鳴らず鐘は鳴らねど秋の日暮るる

前にいった滝泉寺門前の料理屋角伊勢《かどいせ》の庭内に、例の権八小紫《ごんぱちこむらさき》の比翼塚《ひよくづか》が残っていることは、江戸以来あまりにも有名である。近頃はここに花柳界も新しく開けたので、比翼塚に線香を供える者がますます多くなったらしい。さびしい目黒村の古塚の下に、久しく眠っていた恋人等の魂も、このごろの新市内の繁昌には少しく驚かされているかも知れない。

正覚寺にある政岡の墓地には、比翼塚ほどの参詣人を見ないようであるが、近年その寺内に裲襠《うちかけ》姿の大きい銅像が建立されて、人の注意を惹くようになった。云うまでもなく、政岡というのは芝居の仮名で、本名は三沢初子である。初子の墓は仙台にもあるが、ここが本当の墳墓であるという。いずれにしても、小紫といい、政岡といい、芝居で有名の女たちの墓地が、さのみ遠からざる所に列んでいるのも、私にはなつかしく思われた。

草青み目黒は政岡小むらさき芝居の女のおくつき所

寺を語れば、行人坂《ぎょうにんざか》の大円寺をも語らなければならない。行人坂は下目黒にあって、寛永の頃、ここに湯殿山《ゆどのさん》行人派の寺が開かれた為に、坂の名を行人と呼ぶことになったという。そんな考証はしばらく措《お》いて、目黒行人坂の名が江戸人にあまねく知られるようになったのは、明和年間の大火、いわゆる行人坂の火事以来である。行人坂の大円寺に、通称長五郎坊主という悪僧があった。彼は放蕩破戒のために、住職や檀家に憎まれたのを恨んで、明和九年二月二十八日の正午頃、わが住む寺に放火した。折から西南の風が強かったので、その火は白金《しろかね》、麻布方面から江戸へ燃えひろがり、下町全部と丸の内を焼いた。江戸開府以来の大火は、明暦の振袖火事と明和の行人坂火事で、相撲でいえば両横綱の格であるから、行人坂の名が江戸人の頭脳に深く刻み込まれたのも無理はなかった。

そういう歴史も現代の東京人に忘れられて、坂の名のみが昔ながらに残っている。

かぐつちは目黒の寺に祟りして長五郎坊主江戸を焼きけり

滝泉寺には比翼塚以外に有名の墓があるが、これは比較的に知られていない。遊女の艶話《つやばなし》は一般に喧伝《けんでん》され易く、学者の功績は兎かく忘却され易いのも、世の習であろう。それはいわゆる甘藷《かんしょ》先生の青木昆陽の墓である。尤も境内の丘上と丘下に二つの碑が建てられていて、その一は明治三十五年中に、芝・麻布・赤坂三区内の焼芋商らが建立したもの、他は明治四十四年中に、都下の名士、学者、甘藷商等によって建立されたものである。

こういうわけで、甘藷先生が薩摩芋移植の功労者であることは、学者や一部の人々のあいだには長く記憶されているが、一般の人はなんにも知らず、不動参詣の女たちも全く無頓着で通り過ぎてしまうのは、残念であると云わなければなるまい。

芋食ひの美少女《うましおとめ》ら知るや如何に目黒に甘藷先生の墓

岡本綺堂年譜

はしがき

わたしは一家一門が敗残の歴史を余り多く語りたくない。約めて云えば、わたしの一門の大部分は維新の革命の際に、佐幕党として所々に戦って敗れたのである。父は通称を敬之助といい、維新後には純《キヨシ》と改めた。明治元年四月、敬之助は江戸を脱走して野州宇都宮に戦い、更に奥州白河に戦って弾丸に左の股を傷けられ、潜かに江戸へ帰って来たが、身を措くの地無くして横浜の居留地に潜伏し、英国商人の紹介に因って明治二年の春から東京にある英国公使館の、ジャパニース・ライターに雇われた。英国公使館はその当時、芝の高輪にあった。敬之助の脱走以来、妻の幾野は芝片門前町の畳屋の二階に潜伏していたのであるが、明治二年の末から夫妻再び同棲することになって、高輪泉岳寺のほとりに一戸を借りた。今日の高輪北町である。

その借家は高井蘭山の旧宅で、維新当時はその孫にあたる人が所有していたのであるという。蘭山は旧幕府の与力で、彼《か》の『三国妖婦伝』や『星月夜顕晦録』等の著者である。ここに明治六年まで足かけ五年住んでいる間に、三年には姉の梅《ウメ》が生まれた。五年には私が生まれた。

その以後のことは年譜を見て貰いたい。

明治五年

十月十五日、午前六時頃、高輪泉岳寺畔に生まる。旧暦の十月なれば、この暁に霜甚し。天気快晴。父の旧称敬之助の一字と取りて敬二と命名。長男にして二の字を用いたるは、君父を敬すの古語に拠りたるものにて、君父の二者を敬するの意なりという。

この年、大陰暦を廃して太陽暦に改められ、十二月三日を以て六年一月一日とす。

明治六年――二歳。

六月中旬の朝のことなり。庭に面したる六畳の小座敷に寝かされて、母と女中は台所に働きいる時、鼬よりも大なる一匹の獣が縁側より忍び入りて赤児の枕もとに近寄る。恰《あたか》も母がその座敷へ来あわせて、驚いて人を呼びたるに、獣もおどろいて逃げ去る。女中はそれを英国公使館に急報し、父は勿論、他の日本人、外国人等も駈けつけて捜索したれど、獣のゆくえは遂に知れず。おそらく横手の山より黄貂《テン》が窺い来りて、赤児の血を吸わんとしたるならんという。発見すること遅かりせば、敬二の命は終るべかりしなり。この年の秋、英国公使館は麴町区飯田町に移転し、それに従って岡本の家も移転することとなり、飯田町の二合半坂にある某旗本の古屋敷を借りて住む。

明治七年――三歳。

五月下旬の夕刻のことなり。おきんという若い女中に連れられて、中坂の金魚湯という湯屋へゆく途中、おきんが知人に逢いて立話しをしている間に、岡本はゆくえ不明となる。大騒ぎになりて捜索したれど判らず。翌日の早朝、おきんが再び中坂辺へ探しに出でたる時、岡本は三十歳前後の袴羽織の男に手をひかれて往来にたたずみいるを発見せり。驚き喜んで駈けよれば、男は岡本をおきんに渡して早々に立去る。岡本は手に菓子の袋を持ちいたり。若い女中のことなれば、その男を追いかけて詮議もせず。したがってその事情は不明に終る。その頃、童男童女を誘拐して支那人に売る者ありと伝えられ、これもその類ならんという説多かりしが、勿論その真偽は定かならず。

叔父武田悌吾、四年振りにて英国より帰る。

明治八年——四歳。

この春、近火のために類焼して、一町ほど距《はな》れたる所に移転す。後にて聞けば、類焼せる旧宅は近所で有名の化物屋敷なりしという。但し岡本一家が居住のあいだは何の怪異もなかりき。

この秋、英国公使館は麴町区五番町の新築落成して移転し、岡本の家も麴町区元園町一丁目十九番地に新築して、九月なかばに移転す。元園町は明治以後に新しく拓かれたる町にて、家の周囲に空地多く、秋草おいしげりて蛇などの姿を見ること珍しからず、時には狐の鳴く声を聞くこともありしという。地主は大野伝右衛門という人なり。

明治九年——五歳。

十一月より父に就て、はじめて『三字経』の素読を学ぶ。

三月、麻疹にかかりて危篤、一旦は死したるものと諦められしが又蘇生す。四月に至りてようやく全快せり。

明治十年――六歳。

明治十一年――七歳。

明治十二年――八歳。

三月八日、父、母、姉、叔母その他と新富座を見物し、幕間に父に連れられて九代目団十郎の部屋を訪問す。団十郎は岡本に向いて「坊ちゃんも作者になりませんか」と云えり。子供ごころに頗る不満を感ず。

明治十三年――九歳。

六月、初めて歯痛に悩み、それが持病の一種となる。

明治十四年――十歳。

父に就て漢詩を学び、武田の叔父に就て英語を学ぶ。更に英国公使館に出入して、留学生等にも英語を学び、外国のお伽話などを聴く。

六月、父に従って初めて箱根に遊ぶ。

明治十五年――十一歳。

四月、麹町区平河町の平河小学校に入学し、読書、習字、その他の試験を受けて、中等科第三級に編入せらる。

明治十六年――十二歳。

二月、叔父栗林惇蔵、千葉県より上京す。

十月、父に従って江の嶋、鎌倉に遊ぶ。

明治十七年――十三歳。

三月、東京府中学校の入学試験を受けて、第八級乙組に編入せらる。

夏季休暇中、赤坂の溜池へゆきて毎日泳ぐ。

初めて『里見八犬伝』、『浮世風呂』などを読み、英国公使館の留学生等に就てラムの『沙翁物語』などを聴く。

この頃より初めて文学者たらんと志す。

時恰《あたか》も藩閥政府全盛時代にして、官途に立身の望み無しと感じたればなり。

明治十八年――十四歳。

明治十九年――十五歳。

当時、演劇改良の声ようやく盛にして、この年の八月、朝野の政治家、学者、実業家を網羅せる演劇改良会なるもの興る。
それらに刺戟されて、いよいよ劇作家たらんと決心し、父も大いに賛成せり。
爾来、しきりに演劇に関する書籍をよみ、各劇場へしばしば立見にゆく。

明治二十年——十六歳。

三月、父に従って新富座を見物し、水魚連の幹事西村蔦廬氏の紹介に因りて、芝居茶屋菊岡《きくおか》の二階にて初めて狂言作者竹柴其水氏に面会す。劇作家志望は賛成なれど、楽屋内の人とならぬ方が将来のために宜しかるべしと、其水氏より懇々注意せらる。
五月、父にしたがって京都に遊び、宇治、奈良をめぐりて帰る。

明治二十一年——十七歳。

父の友人にして海獣捕獲の事業を企てたる者あり、漁業会社を発企したる者あり。父は直接その事業に参加したるにあらざれど、友人の関係上、それらの資金調達の借用証書に連印したるに、二者いずれも失敗し、結局裁判沙汰ともなるべき形勢にて、岡本一家は早晩身代かぎりの処分を受くべき運命に陥れり。

明治二十二年——十八歳。

去年以来の連印問題結んで解けず、一家の運命いよいよ危し。この年七月、中学を卒業すると共に、学校生活を断念して、自活の計を立てんとす。
十月、父の命を受けて甲府に赴く。旅費多からざれば往復すべて徒歩、雨を冒して笹子峠を越ゆ。しかも事調《ととの》わずして帰る。

明治二十三年――十九歳。

一月二十日、中六番町の関直彦氏を訪い、東京日日新聞社に入社のことを頼む。関氏は同新聞の社長にして、父の知人なり。快く承諾。見習記者として翌日より銀座尾張町の同社に出勤し、編輯の傍らに校正を手伝うこととなる。
六月より専ら編輯に従事し、傍らに劇評の筆を執る。この年七月、第一回の衆議院議員選挙あり。入社後まだ間も無きこととて、その多忙におどろく。社中の先輩たる塚原渋柿園、西田菫坡の諸氏に教を受くること多し。
八月、暑中休暇を得て、福島、仙台、松島をめぐる。

明治二十四年――二十歳。

三月、父に従って信州軽井沢に赴く。その途中、碓氷峠にて乗合馬車顚覆せんとし、帽子と洋傘を崖下に振落さる。
三年以来の懸案たりし連印問題は、この四月を以て比較的円満に解決し、岡本家は身代限りの悲運を免かれて、一家初めて愁眉を開く。しかも新聞記者の生活に馴れて、再び学窓の人とならざりき。後年に至りて大いに悔ゆ。

六月、榎本虎彦君の紹介に因りて、福地桜痴先生を築地の自宅に訪問。先生曰く、小説脚本のことは各自の工夫発明によるものなれば、説くべからず、教ゆべからず。劇作家たらんと欲せば、先ずわが国の書を読め、漢書を読め、洋書を読め。それらの事に就て不明の点あらば、来りて我に質せと。爾来、毎月二、三回ずつ築地の門をくぐりたれど、来客多くして面会の機少きを憾む。

九月、元園町の実家を出でて、京橋区五郎兵衛町井口方の二階に寓居。麹町より銀座までの往復に時間を要し、夜学の妨げとなること多ければなり。

十月、社用をかねて野州方面を旅行す。

十一月、関氏は東京日日新聞社長を辞し、同社の経営は伊東巳代治男の手に移りたるも、社員はすべて動揺せざるよう前社長より訓示せられ、依然同社に留まる。

明治二十五年――二十一歳。

五月、京阪地方をめぐる。

井口一家は神田へ移転する事となりたるに付、六月より京橋区尾張町の下宿屋尾張館に移る。日日新聞社と同町内なり。

六月二十六日、麴町区役所に於て一年志願兵の体格検査を受く。丙種不合格。

八月、同社の野城君が尾張町に一戸を構え、その勧めによりて同家の二階に移転したるも、隣家は料理店松本楼にして絃歌の声さわがしく、久しく居るに堪えず。一年間の経験によりて、下宿屋生活、同居生活の不便多きに鑑み、自分もこの際思い切って一戸を構えることに決し、出社の余暇をぬすんで銀座附近の貸家をさがし歩く。

十月十二日、秋雨降りしきるを冒して、京橋区三十間堀一丁目三番地に移る。家は宮城屋銀行の横手にて、二階六畳、下は六畳と二畳、家賃二円六十五銭。おきみという四十前後の女中を雇う。その給料一円。

明治二十六年——二十二歳。

一月二十二日、河竹黙阿弥翁逝く。この前後より桜痴先生の門をくぐること稀になる。榎本君が同家を去りたると、先生が近来いよいよ筆硯多忙なるとの為なり。小遣い取りに地方新聞の小説などを書く。

六月、福島地方をめぐり、飯坂温泉に遊ぶ。

八月、暑中休暇を得て、伊豆相模地方をめぐる。その途中、歯痛に悩む。

十月、東京日日新聞社を辞して、中央新聞社に移る。大岡育造氏の経営なり。社会部主任にして、傍らに劇評の筆を執る。

明治二十七年――二十三歳。

四月、三十間堀を去って、麹町区有楽町三丁目一番地に移る。数寄屋見附のほとりにて、二階七畳、下は八畳、三畳、三畳。家賃三円七十銭。

六月二十日、午後強震。二階の壁崩れ落つ。

七月、日清戦争開く。編輯多忙をきわめ、九月四日の午後、脳貧血にて編輯局に卒倒す。

十二月、中央新聞社を辞し、榎本虎彦君等と共に絵入日報社に入る。大澤基輔氏が新に創立せるなり。

明治二十八年――二十四歳。

三月二十九日の夜、麹町大火。元園町の実家は西側の垣まで焦がされたれど、幸に類焼を免かる。

絵入日報社は創刊以来社運振わず、榎本君は三月に去り、岡本も五月に去るべく余儀なくされたり。爾来しばらく家居読書することに決し、六月十五日、有楽町の世帯を畳みて元園町の実家に帰り、地方新聞の小説や雑誌の原稿など書く。

八月、名古屋、岐阜をめぐる。

明治二十九年——二十五歳。

一月末よりインフルエンザに罹り、二十日間ほど臥床。

英国公使館附陸軍大佐サトリオスの日本語教師となる。

六月、伊豆の修善寺温泉に赴く。その途中、梅雨に湿れつつ小田原より箱根の旧道を徒歩して三島へ降りたるために、激烈のレウマチスを発し、爾来それが持病となる。

八月の歌舞伎新報に、初めて史劇「紫宸殿」一幕を発表す。

九月、東京新聞社に入る。自由党の機関新聞なり。屢々発行停止の厄に逢う。

明治三十年——二十六歳。

一月、東京の人金森えいと結婚す。おえいは二十三歳。

四月二十五日、午前九時頃、人車にて麴町の堀端を過ぐる時、三宅坂上にて他の人車と衝突して顚覆墜落し、恰も通りかかりたる馬車の下に倒れたるも、不思議に寸傷をも負わずして免かる。

明治三十一年――二十七歳。

八月、暑中休暇を得て、日光に遊ぶ。

十月、東京新聞の社長林有造氏退きて、社員全部解散す。

明治三十二年――二十八歳。

四月、八王子を経て郡内附近をめぐり、更に川越に至る。

八月、利根川を下りて銚子附近をめぐり更に香取鹿島の両社に詣ず。

この二、三年来、幾種の戯曲を草したれど、上演と決定したるものにあらざれば諸雑誌にも掲げられず、局外者の作物は劇場にも顧みられず、空しく筐底に蔵するの外なかりき。

明治三十三年――二十九歳。

一月、姉うめは石丸常次郎に嫁す。

八月、房州より千葉、佐倉辺をめぐる。従来の住宅は年を経て破損したるに付、隣地を借り受けて八月より新築にかかる。

十月、やまと新聞社に入る。社長は松下軍治氏なり。ここにて條野採菊翁（鏑木清方氏の父）の教を受ること少からず。

十二月一日、新築落成して移転す。旧宅に比すれば頗る狭し。

明治三十四年——三十歳。

八月、やまと新聞社を辞す。

九月、品川沖へ魚釣りにゆきて感冒に罹り、約一ヶ月臥床。

十二月、岡鬼太郎君と合作にて「黄金鯱」四幕を書く。歌舞伎座一月興行の二番目狂言なり。

明治三十五年——三十一歳。

一月八日より歌舞伎座にて「黄金鯱」を上演す。自作の戯曲上演の始めなり。世評よろしからずと聞ゆ。

三月末より父はインフルエンザに罹りて臥床。更に肺炎に変じて、四月七日午後一時を以て逝く。六十九歳。明治二年より英国公使館に勤続三十四年、葬儀の費用はすべて公使館より支出せられ、九日午前十時、青山共同墓地に葬る。葬儀の終らんとする頃より細雨ふり出づ。

六月、胃腸を病むこと二ヶ月にわたる。

九月、石丸兄と大磯へ赴く。

明治三十六年――三十二歳。

一月より英国公使館内にある同国留学生の語学教師となる。従来の居宅はあまり手狭なるに付、三月より同番地内に二階家を新築す。

五月、東京日日新聞社に入る。十年目の再勤なり。当分は公使館の教師を兼ぬ。

六月、東京より甲府までの中央線開通式に参列するために、新聞社より出張を命ぜられ、前後八日間滞在。甲府市附近を一巡して帰る。

六月十二日、新築落成して移転す。

八月、塚原渋柿園氏等と青梅、多摩川を経て、武州の御嶽山に登る。

十月、日本鉄道会社の案内にて、松島の観月会に赴き、塩釜、仙台をめぐる。

明治三十七年――三十三歳。

二月、日露開戦。新聞社より従軍記者たるべく命ぜられ、陸軍省に従軍願を提出して、出征第二軍配属と定めらる。

第一軍配属記者等は三月を以て出発の許可を得たれど、第二軍配属記者は容易に出発を許されず。七月に至りて初めて出発の命令を受け、十七日を以て東京を出発し、その途中、社用にて京都と大阪に滞在、更に広島にて出船を待つこと四日、二十四日を以て宇品を出帆す。御用船は月尾丸《しやかのおまる》なり。玄海灘の浪高く、折々に濃霧に襲わる。

三十一日の朝、満洲の柳樹屯に上陸。八月一日より徒歩十日にして海城に到着し、北門の外、老子の廟に隣れる家に宿る。時恰も満洲の雨期にして晴日稀なり。

二十六日より遼陽攻撃戦はじまる。雨を冒して前進し、九月三日の午後、遼陽城外に到着す。そのあいだに露営すること二回、連日通信に忙がわしく、地に伏して原稿を書くこと屢々あり。

数日の後、更に北門外の大紙房という村落に移り、劉という農家に滞在、ここにて恰も古中秋の明月を看る。

十月九日より沙河会戦はじまる。

十三日、龍王廟附近に於て従軍記者川島順吉君は砲弾に中《あた》りて死す。岡本も小銃弾に帽子を撃ち落されたれど、幸に恙なきを得たり。そのあいだにも露営二回、小豆のみを食して飢を凌ぎたること一日依然として通信に忙がわし。

十一月に入りて東京の本社より社長更迭の通知を受く。東京日日新聞社の経営は伊東巳代治男より加藤高明子に移れるなり。随って社内も動揺を免かれず、岡本も俄に帰国することとなりて、十一月四日に沙河を出発、無蓋貨車に乗込みて七日の暁に大連に着し、八日出帆の諏訪丸にて、十三日宇品に帰る。それより広島に滞在三日、十七日の夜半に帰京す。果して社内に異動ありたれど、岡本等は依然在社することとなる。

明治三十八年――三十四歳。

四月、杉贋阿弥、右田寅彦、岡鬼太郎、伊坂梅雪、岡村柿紅等の諸君と文士劇若葉会を組織し、五月第一の日曜日を以て歌舞伎座にて開演。一番目として岡本作の史劇「天目山」二幕を上演す。

七月、若葉会の諸君と房州に遊びて、館山、北條、那古、船形をめぐり、木更津を経て帰る。

明治三十九年――三十五歳。

六月、文士劇若葉会は東京毎日新聞社の経営となりて、東京毎日新聞演劇会と改む。その関係より東京日日新聞社を辞して、東京毎日新聞社に移る。社長は島田三郎氏にして、演劇会の理事は石川半山氏なり。

八月、会津に遊び、更に日光に赴く。
十二月一日より五日間、明治座にて東京毎日新聞演劇会を催し、一番目に岡本作の史劇「新羅三郎」二幕を上場、自作自演にて作者は豊原時秋に扮し、更に森鷗外博士作「日蓮聖人辻説法」の進士太郎に扮す。

明治四十年——三十六歳。

四月、上野公園に開かれたる東京勧業博覧会共賛会の依頼に因りて、その演芸場に東京毎日新聞演劇会員は、二日間出演し、独逸喜劇「うっかり者」にて大尉の伜に扮す。
七月、新富座にて演劇会を五日間開演し、自作「阿新丸」の本間三郎に扮す。
八月、横浜羽衣座にて演劇会を四日間開演し、高安月郊君作「吉田寅次郎」の桂小五郎と、「熊谷陣屋」の義経に扮す。
十月、東京座にて演劇会を五日間開演し自作「十津川戦記」の中山侍従に扮す。

明治四十一年——三十七歳。

四月、新富座にて演劇会を十日間開演し自作「由井正雪」の奥村三四郎と、山崎紫紅君作「信玄最期」の馬場美濃守に扮す。

七月、川上音二郎が革新劇を組織し、その依頼によりて「白虎隊」三幕をかき、更に「奇兵隊」三幕を追加して「維新前後」と題し、九月二十日より明治座にて開演す。俳優は市川左団次、市川寿美蔵、沢村宗之助、中村又五郎等なり。

九月、伊豆の修善寺温泉に遊びて、旅館新井に滞在。そのあいだに史劇「修禅寺物語」の腹案成る。

十二月、東京座にて演劇会を五日間開演し、自作「楠」の猟師雉郎に扮す。

十二月下旬を以て社長島田三郎氏辞職し、東京毎日新聞社の経営は他人に移る。社員も全部退社し、演劇会も共に解散す。

明治四十二年――三十八歳。

一月中に戯曲「振袖火事」をかき、三月中に「修禅寺物語」を書き、更に旧作「黒船話」を訂正し、家居して頻りに戯曲を書く。そのうちには「新小説」、「文芸倶楽部」等に発表せるものもあり。

三月より姉の子、石丸英一を自宅に引取る。英一は七歳、四月より麹町尋常小学校に入る。

六月、京阪名古屋をめぐる。

八月よりやまと新聞社に入社。八年目の再勤にて、社長は従前のごとく松下軍治氏なり。

十一月、市川高麗蔵、市川左団次等のために、史劇「承久絵巻」三幕を書く。左団次のために専ら戯曲をかくの始めなり。

明治四十三年——三十九歳。

一月、明治座にて「承久絵巻」を上演す。

八月、日光に遊び、その帰途、近年未曾有の出水に苦しめらる。帰京の後、明治座のために、「太平記足羽合戦」三幕をかき、九月上演す。

十一月、「貞任宗任」三幕を書く。

明治四十四年——四十歳。

一月、明治座にて「貞任宗任」を上演す。

二月、「村上義光」三幕を書く。それを明治座の三月興行に上演の際、警視庁の許可を得ず、殆ど全部を訂正す。

三月、「箕輪の心中」三幕をかく。

四月、「大津絵草紙」三幕を書く。

五月、明治座にて「修禅寺物語」を上演し、左団次の夜叉王、好評。

六月、市村座にて「大津絵草紙」を上演す。

六月、有楽座にて旧作「佐渡の文覚」を上演す。

七月、元園町一丁目十九番地の居宅を売却して、同町二十七番地に移る。この夏は暑気甚だしく、移転の後、中暑の気味にて十日あまり出社せず。あわせて歯痛に悩む。

八月、「お七」一幕をかく。

九月、「平家蟹」一幕を書く。

十月、帝国劇場にて旧作「世継曾我」一幕を上演す。近松原作の脚色なり。つづいて同劇場の十一月興行に「稚児が淵」二幕を上演す。

十一月、明治座のために「品川の台場」三幕をかく。

この頃は日々出社の傍らに執筆、朝夕頗る多忙なりき。

明治四十五年（大正元年）――四十一歳。

九月下旬より上総の成東鉱泉に滞在し、中村歌右衛門のために「細川忠興の妻」一幕をかく。歌舞伎座上演の予定なりしが延期となり、大正五年十一月、帝国劇場にて初めて上演す。

右のほかに、この年執筆したるは、旧作「弟切草」一幕の訂正と、新作「新朝顔日記」一幕、「べらぼうの始」一幕、「長恨歌」二幕、「千葉笑い」一幕、「武田信玄」一幕など。

十二月中旬より胃腸を病んで年末まで臥床。あわせて神経性レウマチスに悩む。

大正二年——四十二歳。

四月、二十七番地の居宅を取り毀して新築に着手し、そのあいだは後ろ隣の小さき貸家に移る。

九月、仙台、松島をめぐりて金華山に参詣し、その帰途、水戸にも立寄る。その紀行「仙台五色筆」あり。

十月二日、新築落成して移転。

十一月頃より神経衰弱に悩まされ、連夜不眠。時に脳貧血を起して卒倒せることもあり。

十二月かぎりにて、やまと新聞社を退く。この年の新作戯曲は「浅茅が宿」二幕、「室町御所」三幕、「切支丹屋敷」一幕、「蟹満寺縁起」一幕、「名立崩れ」一幕、

「長柄の人柱」一幕、「雨夜の曲」三幕、「鎌倉の一夜」二幕、「わが家」一幕、「佐々木高綱」一幕など。但しその全部が全然新作というにはあらず、十数年来むなしく筐底に蔵し置きたる草稿を更に訂正増補したるもあり。

大正三年——四十三歳。

四月、姉夫婦は一家の都合にて、福島県須賀川町に転住す。但し英一は岡本家に留まること旧の如し。

八月、英一同道にて、須賀川町に姉夫婦を訪う。滞在三日、英一を残して帰京の途中、転じて上州磯部鉱泉に赴き、鳳来館に七日間滞在。そのあいだに妙義山に登り、長野の善光寺にも参詣す。

八月二十四日、おえいの父邦重、神奈川にて逝く。

十一月、歯痛に悩む。

この年の新作戯曲は「なこその関」三幕、「蒙古襲来」一幕、「浪華の春雨」一幕、「酒の始」一幕、「箙の梅」一幕、「板倉内膳正」一幕など。

大正四年——四十四歳。

四月、英一は小学校を終えて、日本中学校に入学。

七月、英一は急性胃腸加答児《カタル》にかかり、一時危篤なりしが幸に癒ゆ。

八月、上州磯部に赴きて半月ほど滞在。そのあいだに「鳥辺山心中」一幕を書く。

この年の新作戯曲は「鳥辺山」のほかに、「増補信長記」二幕、「尾上伊太八」三幕、「能因法師」一幕、「入鹿の父」一幕、「景清」一幕など。

大正五年――四十五歳。

四月、額田六福上京す。

五月下旬、上州磯部に赴き、十日間滞在。そのあいだに「隅田川心中」一幕を書く。

六月、「半七捕物帳」を起稿し、翌年三月までに前編七回成る。

八月、伊坂梅雪君と房州、横須賀、葉山、鎌倉、伊豆山等をめぐる。湯河原にて頼朝が伏木がくれの杉山をたずね、頗る炎暑に苦しむ。

十一月、神経衰弱にて連夜不眠。十二月一日より国府津海岸に三週間ほど転地静養す。

この年の新作戯曲は「隅田川心中」のほかに、「番町皿屋敷」一幕、「阿蘭陀船」一幕、「三巴雪夜話」二幕など。ほかに時事新報、国民新聞の連載小説を書く。

大正六年――四十六歳。

二月、脳貧血に倒れて、十日あまり臥床。

四月、磯部へ赴きて、二週間滞在。

九月、岡本の門にあつまる青年等が嫩会を組織し、岡本宅に毎月会合することとなる。

十月、「半七捕物帳」の続稿を起稿し、翌年四月までに六回成る。

十二月、感冒とレウマチスにて半月ほど臥床。

この年の新作戯曲は「京の友禅」一幕、「遊女物語」三幕、「籠釣瓶」三幕、「頼豪阿闍梨」一幕、「清正の娘」一幕、「長曾根虎徹」二幕など。ほかに万朝報、福岡日日新聞の連載小説を書く。

大正七年——四十七歳。

一月、修善寺温泉に滞在。その見聞雑記「春の修善寺」を読売新聞に掲ぐ。帰途更に沼津に赴く。

五月、磯部に二週間滞在。

八月、秩父の長瀞に滞在。そのあいだに「矢口渡」三幕をかく。この草稿、後に焼失す。

九月、眼病にかかり、医師より夜間の読書執筆を禁ぜられる。約二ケ月にして癒ゆ。

この年の新作戯曲は「新鏡山」三幕、「勾当内侍」一幕、「唐人塚」一幕など。ほかに東京日日新聞、万朝報、読売新聞の連載小説をかく。

大正八年――四十八歳。

一月、帝国劇場の嘱託を受けて、同劇場の伊坂梅雪君と共に、大戦後の欧米劇界視察の途に上ることに決定す。

その準備中、流行性感冒にかかり、一月十九日より四十度以上の発熱にて臥床。一時は出発を延期せねばならぬかと危ぶまれしが、二月十八日より努めて起き、諸般の準備を整えて、兎も角も予定のごとくに出発する事となる。

二月二十七日、東洋汽船会社の天洋丸に便乗して、伊坂君と共に横浜を出帆。三月十五日、桑《サンフランシスコ》港着。十九日ロスアンゼルス着。二十五日、シカゴ着。三十日紐育《ニューヨーク》着。

四月二十七日、カアマニア号にて紐育を出帆。五月六日、リヴァプール上陸。同夕刻、倫敦《ロンドン》着。

六月八日、巴里《パリ》着。二十三日、再び倫敦に帰着。二十八日、伊坂君は帰朝の途に就く。船の都合にて、岡本は倫敦に留まる。

七月十二日、田中良、市川猿之助の諸君と熱田丸にて英国を出帆。同月三十日より三日間、印度洋附近にてモンスーンに逢い、就中《なかんずく》その第二日は風浪に苦しむ。

八月二十三日、神戸に帰着。上陸して西村旅館に宿泊。二十四日は市中見物。二十五日出発して、途中国府津駅に下車、一泊。翌二十六日午後一時、帰京。

十一月、帝国劇場のために「戦の後」二幕を書く。

大正九年——四十九歳。

一月、流行性感冒を繰返して、約一ヶ月臥床。

三月、英一は日本中学校を卒業し、東京美術学校入学準備のために、川端画塾に通学す。

同月、石丸兄上京し、打連れて国府津、小田原へ赴く。

四月、歯痛にて手術を受く。

六月下旬より英一は肋膜炎にて臥床。七月末に至りて肺にも故障ありと診断せらる。

九月、神経衰弱にて約一ヶ月間執筆を廃す。

十月九日、英一死す。十八歳。十二日、青山共同墓地に葬る。追悼の日記「叔父と甥と」を書く。

この年の新作戯曲は「小栗栖の長兵衛」一幕、近松原作脚色の「二枚絵双紙」二幕など。ほかに読売新聞、万朝報《よろずちょうほう》の連載小説を書く。

大正十年——五十歳。

三月、流行性感冒にて約一ヶ月間臥床。病後更に中耳炎を誘発し、四月より六週間余にして漸く癒ゆ。

五月下旬より箱根に赴き、堂ケ島温泉に滞在。塔の沢にも遊びて、六月十八日帰京。

七月。岐阜の長良川に赴く。雨のために鵜飼を見るを得ず。帰途、箱根にも一泊。

十月十五日、五十回誕辰に相当するを以て、劇作家協会主催にて、午後一時より有楽座に於て文芸講演会を開き、午後六時より帝国ホテルに於て祝賀会を開く。

同月二十四日より、兼子伴雨君と箱根に赴き、二十六日徒歩にて旧道を下り、風雨に悩まさる。

十一月、武州高尾山に登る。

この年の新作戯曲は近松原作「天網嶋」の脚色二幕と、「曾我物語」一幕、「仁和寺の僧」一幕、「村井長庵」四幕、「大坂城」二幕、「俳諧師」一幕、「節分」一幕、

「前太平記」三幕、「金色堂」三幕、「邯鄲」一幕など。但し「曾我」と「節分」は旧作の訂正なり。

大正十一年――五十一歳。

七月二十日午前十時頃、母幾野卒倒す。尿毒症という診断にて、八月二日午前七時遂に逝く。七十七歳。六日午前十時、青山墓地に葬る。この日は晴れて大暑、九十六度を越ゆ。

十月下旬より腎臓を病みて、一ヶ月あまり休業す。

この年の新作戯曲は「御影堂心中」二幕、「西南戦争聞書」六幕、「城山の月」四幕、「小田原陣」三幕、「自来也」一幕、「寺の門前」一幕、「階級」一幕、「薩摩櫛」三幕、「真田三代記」二幕など。

大正十二年――五十二歳。

六月、中耳炎再発し、一ヶ月余にして癒ゆ。

九月一日、大震災に遭う。市ケ谷方面より燃え出でたる火は翌二日午前一時頃に至りて、元園町附近に襲い来る。何分にも風上とて油断しいたると、余震強くして屋内に入ること危険なるにて、家財を持出すこと能わず、なまじいに家財に執着して怪我などありてはならずと、殆ど着のみ着のままにて家族を引連れ、早々に紀尾井町の小林蹴月君方に避難す。自宅は午前二時頃に類焼し、家財蔵書のたぐい全部焼失す。十七歳より毎日の日記をつけ始めて、昨年までの分三十五冊、これも亦凡て灰燼に帰せり。翌二日、額田の案内にて家族を伴い、徒歩にて高田町大原の額田方に辿り着きたるは、午後五時半なり。妻も女中も幸にみな恙無し。

(以上は書き残せる綺堂自筆の年譜なり。以下これを補足す。)

十月十二日、額田方を立退きて、仮に麻布区宮村町十番地の貸家に移る。この家も震災のために大破して、雨の漏ること甚し。兎も角もその四畳半を書斎として、雑誌の原稿など書く。

多忙のうちに、この年暮る。

この年の新作戯曲は「熊谷出陣」三幕、「両国の秋」三幕、「江戸名所図会」一幕、「臼井の留守宅」一幕、「朝飯前」一幕など。

大正十三年――五十三歳。

一月十五日、再度の強震に逢い、さなきだに大破の家いよいよ頽れて、久しく居るに堪えず。

三月十八日、麻布を去って、市外大久保百人町三百一番地に移る。生れて初めての郊外生活なり。

五月、春陽堂より「綺堂戯曲集」第一巻を発行。爾来積んで十四巻に至る。

八月、急性胃腸加答児にかかりて、約一ヶ月臥床。

この年の新作戯曲は「雁金文七」二幕、「鬼の腕」一幕、「筑摩の湯」一幕、「維新小話」一幕、「無礼講」一幕、「小坂部姫」三幕、「家康入国」三幕など。

大正十四年――五十四歳。

四月、伊豆山、熱海、湯河原に遊ぶ。

五月、春陽堂より「綺堂読物集」第一巻を発行、爾来積んで七巻に至る。

六月二十日、大久保を去って、麴町区麴町一丁目一番地に移る。半蔵門外なり。

十二月二日、脳貧血にて卒倒し、年末まで休業静養す。

この年の新作戯曲は「虚無僧」二幕、「小梅と由兵衛」二幕、「時雨ふる夜」一幕、「新宿夜話」一幕など。

大正十五年（昭和元年）――五十五歳。

二月末より感冒にかかり、更に中耳炎を併発、約二ヶ月にして癒ゆ。

旧宅地附近の区画整理決定したるに付、五月より再築にかかる。

七月十三日、突然に胃痙攣を発し、その後半月あまり臥床。

元園町一丁目二十七番地の再築落成して、十一月三日移転。震災以後、あしかけ四年目にて旧宅地に復帰したるなり。

この年の新作戯曲は「勘平の死」三幕、「お化師匠」三幕、「湯屋の二階」三幕、「唐糸草紙」三幕、「権左と助十」二幕、「風鈴蕎麦屋」二幕、「江戸子の死」二幕、「三河万歳」四幕、「黄門記」三幕など。

昭和二年——五十六歳。

一月、「増補信長記」露訳せられ、レニングラートの国立アカデミック・ドラマ劇場にて上演。

二月二十日、浦和図書館の講演会に赴く。

六月、伊豆山に遊ぶ。「修禅寺物語」仏訳せられ、巴里のシャンゼリゼー劇場にて上演。

この年の新作戯曲は「雁金文七」の増補一幕、「牡丹燈記」三幕、「正雪の二代目」二幕、「水野十郎左衛門」三幕、「相馬の金さん」三幕、「後日の長兵衛」一幕、「五右衛門の釜」三幕、「雷火」二幕、「おさだの仇討」二幕、「水滸伝」三幕など。

昭和三年——五十七歳。

二月、流行性感冒に罹りて、一ヶ月あまり臥床。又もや中耳炎を併発し、四月に至りて漸く癒ゆ。

五月、箱根に遊ぶ。

十月、神経衰弱より不眠症を起し、その後半年間一切の執筆を廃す。

昭和四年——五十八歳。

一月、湯河原に転地。二月より更に熱海に移りて、三月帰京。

三月、「戦の後」「大坂城」独逸に於て飜訳上梓さる。「長柄の人柱」英訳されて紐育のサミュエル・フレンチより出版。

四月、「黒船話」「貞任宗任」伊太利語に飜訳され出版。「修禅寺物語」ポルトガル語に飜訳され出版。

六月、改造社版「世界怪談名作集」の飜訳成る。

十月、再び湯河原に転地す。

十一月、門下の嫩会同人等と共に、演劇雑誌「舞台」発刊を計画す。

この年の新作戯曲は、「朝鮮屏風」三幕、「天保演劇史」三幕、「水滸伝の林冲」三幕など。

昭和五年——五十九歳。

一月、「舞台」初号発行。

二月、湯河原に転地す。

五月、再び湯河原に転地す。「修禅寺物語」「鳥辺山心中」「切支丹屋敷」仏訳されて、巴里のストック書店より出版。

六月より七月にかけて歯痛の上に胃腸を害して臥床。

八月、三度湯河原に転地す。

九月、四度湯河原に転地す。「番町皿屋敷」仏訳され巴里のグラン・ギニヨル劇場にて上演。

この年の新作戯曲は、「将軍と僧と」三幕、「直助権兵衛」三幕、「荒木又右衛門」三幕、「狐の戯れ」一幕など。

昭和六年——六十歳。

二月より六月まで、不眠症と神経性レウマチスに悩む。「修禅寺物語」エスペラント語に飜訳発行される。

三月、湯河原に転地す。

六月、再び湯河原に転地す。

九月、熱海、湯河原に遊ぶ。

十一月、ラヂオ・ドラマ審査。

この年の新作戯曲は、「人狼」三幕、「名古屋の清正」二幕、「青蛙神」三幕など。

昭和七年――六十一歳。

一月、左団次の懸賞脚本審査。

一月末より中耳炎を発し、三月末まで休養す。「自来也」英訳され米国にて出版。

三月、改造社版日本文学大全集の岡本綺堂篇出ず。春陽堂小説文庫として「半七捕物帳」（十四冊に至る）「綺堂読物集」（七冊に至る）出始む。

四月、上目黒の別宅落成。

五月、口内炎より、胃腸心臓を害して、臥床す。

十月、還暦記念の句集『独吟』を上梓す。自寿の句あり、「鬼とならず仏とならで人の秋。」十五日、文壇、劇壇人の発企にて還暦祝賀会を東京会館に催さる。

この年の新作戯曲は「とん平地蔵」三幕、「東京の昔話」三幕、「続編尾上伊太八」一幕、「夢」一幕。

昭和八年――六十二歳。

五月三十日、住み馴れし元園町の家を引払い、上目黒に移転す。

十月、歯痛と風邪に悩み、年末に至るまで全快せず。

この年の新作戯曲は、「大久保彦左衛門」四幕、「鎌」一幕など。

昭和九年――六十三歳。

「鳥辺山心中」仏訳されて巴里の小劇場プチト・セーヌにて上演の報あり。

三月、感冒に罹り、咳、咽喉カタル、頭痛、不眠に苦しむ。

四月、随筆集『猫やなぎ』上梓。

五月、腹痛にて半月臥床。続いて、歯痛甚し。半七捕物帳続篇を書き始む。以来積んで二十数篇、前篇を加えて六十八篇に至る。

十月、舞台社同人と箱根に遊ぶ。

この年の新作戯曲は「第一日の午前」五幕、「狐の皮」一幕、「菅相丞」一幕、「書画屋の半時間」一幕など。

昭和十年――六十四歳。

二月、右腕レウマチスに悩む。

三月、随筆集『ランプの下にて』上梓。

六月、湯河原に転地す。

十一月、予て翻訳せる「支那怪奇小説集」上梓。

この年の新作戯曲は「河村端軒」三幕、「関羽」一幕、「幡随長兵衛」（三部作）全九幕、「鉄舟と次郎長」二幕、「入谷の寮」一幕、「生贄」一幕、「鎧櫃」二幕など。

昭和十一年――六十五歳。

三月、感冒に罹り臥床。

五月、中耳炎を発し、通院三ヶ月を越ゆ。

十二月、「名立崩れ」英訳さる。

この年の新作戯曲は「長崎奉行の死」三幕、「影」一幕、「霜夜鐘十字辻筮」二幕など。

昭和十二年――六十六歳。

新年早々、感冒に罹り、食欲不振二ヶ月に亘る。

五月、綺堂全集（全十二巻の予定）第一巻出ず。

六月、劇界を代表して帝国芸術院会員に推薦さる。

八月、日支事変勃発後の社会情勢に鑑み、出版社と合議の上、第四回配本を以て全集の刊行を中絶す。

十月、随筆集『思ひ出草』上梓。

十一月、永年悩まされたる歯痛の根本療治にかかり、上顎を総入歯とす。

十二月、旧版の『近松物語』新潮文庫として刊行。

この年の新作戯曲は「人情本の夢」二幕、「天野屋利兵衛」二幕、「樺太島」三幕など。


昭和十三年――六十七歳。

旧冬来の感冒のために食欲不振、不眠に悩む。一時快方に向いたれども、二月下旬に至りて再発し、少しく悪化の兆あり。気管支炎を併発し、心臓衰弱を伴う。大いに療養につとめ、六月に至りて漸く癒ゆ。

七月、箱根に転地す。最後の旅なり。

八月、帰京後、不眠症のため頭痛に悩む。

九月、「天稚彦」二幕を脱稿す。最後の戯曲創作なり。その後計画は進みたれども遂に執筆を果さず。「短歌研究」に「目黒の寺」を書く。原稿執筆これを以て已む。二十八日、近来は慢性となりたる感冒悪化し、持病の不眠症を併発す。日記帳もこの月を以て終れり。

十月八日、名月の日なり。気分のよきままに庭に出でて薄《すすき》を切る。忽ち発熱甚し。一ヶ月余り宿泊せる兵士二名征途に上る。国旗に壮行の句を餞《はなむけ》す。病状の経過思わしからず、気管支炎より更に肺に浸潤せるを認む。

十二月、医師より絶対安静の注意あり。病臥生活の相当長期に亘るべきを思い、年末年始の礼に代えて、面会謝絶引籠りの挨拶状を発す。病室にふさわしき机を求む。机に向うは、職業なり、趣味なり、しかして慰安なり。しかも遂にこの机を利用するの機なし。専ら療養のうちにこの年暮る。

この月、春陽堂文庫「室町御所」新潮社版大衆名著集「半七捕物帳」出ず。

この年の新作戯曲は「崇禅寺馬場」四幕、「天稚彦」二幕など。

昭和十四年——六十八歳。

新年より漸く快方に向い、春暖の候を楽しみ待つ。一月十八日より雪あたりにて下痢二、三日に及ぶ。

二十三日、病篤し。日記帳に筆を止めて後病床にて手帳に心覚えを記したるも、この日に至りて跡を絶てり。

食欲不振、不眠症に心臓の衰弱加わる。

二月十二日、重態に陥る。十七日、甚しき呼吸困難の発作あり。疲労衰弱とみに加わりて危険状態続く。

意識明瞭にして、気力また余裕あり。小康は保ちたれども、全身の衰弱は蔽うべくもなし。

静かに逝く。六十八年の生涯、茲《ここ》に終る。三月一日、真昼の午後零時二十分なり。

遺訓なく、辞世の句なく、死の苦渋なし。帰するが如き平安の永眠なり。

× × ×

三月三日、生前好める雛祭の当日、青山斎場にて葬儀を営む。盛儀たり。

三月七日、初七日を以て青山墓地に遺骨を埋葬す。春雨煙る午後なり。

常楽院綺堂日敬居士

初出誌紙・収録単行本一覧

戯曲と江戸の言葉――「甲字楼劇談　其一・其二」舞台（昭7年1月・4月）／『綺堂劇談』、『綺堂芝居ばなし』収録

孝子貞女――初出不明／『思ひ出草』収録

劇の名称――「西郷山房随筆　其二」舞台（昭8年10月）／『綺堂劇談』、『綺堂芝居ばなし』収録

言葉は正しく――舞台（昭8年5月）

喜劇時代――舞台（昭6年8月）／『綺堂劇談』、『綺堂芝居ばなし』収録

春の寝言――木太刀（大3年6月）

新浮世風呂――木太刀（明48年6月）

日記の一節――木太刀（大2年7月）

甲字楼夜話――木太刀（大3年4月）

夢のお七――サンデー毎日（昭9年）／『綺堂随筆』、『綺堂読物選集　3』青蛙房、『魚妖・置いてけ堀』旺文社文庫、『鎧櫃の血』光文社文庫収録

鯉――サンデー毎日（昭11年）／『綺堂随筆』、『綺堂読物選集　3』青蛙房、『魚妖・置いてけ堀』旺文社文庫、『鎧櫃の血』光文社文庫収録

深川の老漁夫――文藝春秋（昭2年4月）／『綺堂読物集　六』春陽堂、『綺堂読物選集　3』東京ライフ社、『綺堂読物選集　3』青蛙房収録

怪談一夜草紙――日曜報知（昭8年3月）／『綺堂読物選集　3』青蛙房収録

寄席と芝居と――初出不明／『思ひ出草』、『綺堂劇談』、『綺堂芝居ばなし』収録

明治以後の黙阿弥翁――初出不明／『十番随筆』収録

『三人吉三』雑感――演芸画報（大9年3月）／『十番随筆』、『綺堂劇談』、『綺堂芝居ばなし』収録

竹本劇の人物研究――初出不明／『十番随筆』、『綺堂劇談』、『綺堂芝居ばなし』収録

自作初演の思い出――「甲字楼劇談　その三・その四」舞台（昭7年10月・12月）

「半七捕物帳」の思い出――「文芸倶楽部」（昭2年8月）／左の作品と合わせ「回想・半七捕物帳」と改題して『綺堂むかし語り』収録

半七紹介状――サンデー毎日（昭和11年8月）／右の作品と合わせ「回想・半七捕物帳」と改題して『綺堂むかし語り』収録

はなしの話――「はなし」報知新聞（昭12年7月24日～27日）／『思ひ出草』収録／「歯なしの話」と改題して『綺堂むかし語り』収録

目黒の寺――短歌研究（昭13年11月）／『綺堂むかし語り』収録

岡本綺堂年譜――舞台（昭14年5月）

岡本綺堂の随筆単行本

『五色筆』（南人社、大6年11月）

『十番随筆』（新作社、大13年4月）

『猫やなぎ』（岡倉書房、昭9年4月）

『思ひ出草』（相模書房、昭12年10月）

○没後に編まれた単行本（全て岡本経一編）

『綺堂劇談』（青蛙房、昭31年2月）

『綺堂随筆』（青蛙房、昭32年2月）

『綺堂むかし語り』（旺文社文庫、昭53年12月／光文社文庫、昭53年12月＊旺文社版に数編追加）
『綺堂芝居ばなし』（旺文社文庫、昭54年1月）

凡例

底本として綺堂生前刊行の単行本を使用した（再録されている場合は新しい版を使用）。生前刊行の単行本に未収録のものは『綺堂随筆』を底本とした。

仮名遣いは現代仮名遣いに、常用漢字は新字体に改めた。但し、文語は歴史的仮名遣いのままとした。送りがなはすべて底本のままとし、適宜ルビで補った。頻出する一部の接続詞、副詞、代名詞は漢字を平仮名に開いたが、原則として漢字を仮名に開くことはせず底本のままとした。

編集による注はパーレンで囲み、文字の大きさを下げた。

本書は、二〇〇三年に刊行された『綺堂随筆　江戸のことば』(河出文庫)を新装改題したものです。

本文中、今日から見れば不適切と思われる表現がありますが、書かれた時代背景と作品価値とを鑑み、そのままとしました。

綺《き》堂随筆《どうずいひつ》

江戸《えど》に欠《か》かせぬ創作《そうさく》ばなし

二〇〇三年　六　月二〇日　初版発行
二〇二四年　一　月一〇日　新装版初版印刷
二〇二四年　一　月二〇日　新装版初版発行

著　者　岡本綺《おかもとき》堂《どう》
発行者　小野寺優
発行所　株式会社河出書房新社
〒一五一－〇〇五一
東京都渋谷区千駄ヶ谷二－三二－二
電話〇三－三四〇四－八六一一（編集）
〇三－三四〇四－一二〇一（営業）
https://www.kawade.co.jp/

ロゴ・表紙デザイン　粟津潔
本文フォーマット　佐々木暁
本文組版　KAWADE DTP WORKS
印刷・製本　中央精版印刷株式会社

Printed in Japan　ISBN978-4-309-42076-9

綺堂随筆　江戸の思い出

岡本綺堂　41949-7

江戸歌舞伎の夢を懐かしむ「島原の夢」、徳川家に愛でられた江戸佃島の名産「白魚物語」、維新の変化に取り残された人々を活写する「西郷星」、「ゆず湯」。綺堂の魅力を集めた随筆選。

風俗　江戸東京物語

岡本綺堂　41922-0

軽妙な語り口で、深い江戸知識をまとめ上げた『風俗江戸物語』、明治の東京を描いた『風俗明治東京物語』を合本。未だに時代小説の資料としても活用される、江戸を知るための必読書が新装版として復刊。

見た人の怪談集

岡本綺堂 他　41450-8

もっとも怖い話を収集。綺堂「停車場の少女」、八雲「日本海に沿うて」、橘外男「蒲団」、池田彌三郎「異説田中河内介」など全十五話。

サンカの民を追って

岡本綺堂 他　41356-3

近代日本文学がテーマとした幻の漂泊民サンカをテーマとする小説のアンソロジー。田山花袋「帰国」、小栗風葉「世間師」、岡本綺堂「山の秘密」など珍しい珠玉の傑作十篇。

世界怪談名作集　信号手・貸家ほか五篇

岡本綺堂〔編訳〕　46769-6

綺堂の名訳で贈る、古今東西の名作怪談短篇集。ディッケンズ「信号手」、リットン「貸家」、ゴーチェ「クラリモンド」、ホーソーン「ラッパチーニの娘」他全七篇。『世界怪談名作集　上』の改題復刊。

世界怪談名作集　北極星号の船長ほか九篇

岡本綺堂〔編訳〕　46770-2

綺堂の名訳で贈る、古今東西の名作怪談短篇集。ホフマン「廃宅」、クラウフォード「上床」、モーパッサン「幽霊」、マクドナルド「鏡中の美女」他全十篇。『世界怪談名作集　下』の改題復刊。

江戸へおかえりなさいませ

杉浦日向子　41914-5

今なおみずみずしい代表的エッセイ集の待望の文庫化。親本初収載の傑作マンガ「ポキポキ」、文藝別冊特集号から「びいどろ娘」「江戸のくらしとみち」「江戸「風流」絵巻」なども収録。

吉原という異界

塩見鮮一郎　41410-2

不夜城「吉原」遊廓の成立・変遷・実態をつぶさに研究した、画期的な書。非人頭の屋敷の横、江戸の片隅に囲われたアジールの歴史と民俗。徳川幕府の裏面史。著者の代表傑作。

異聞浪人記

滝口康彦　41768-4

命をかけて忠誠を誓っても最後は組織の犠牲となってしまう武士たちの悲哀を描いた士道小説傑作集。二度映画化されどちらもカンヌ映画祭に出品された表題作や「拝領妻始末」など代表作収録。解説＝白石一文

伊能忠敬　日本を測量した男

童門冬二　41277-1

緯度一度の正確な長さを知りたい。55歳、すでに家督を譲った隠居後に、奥州・蝦夷地への測量の旅に向かう。艱難辛苦にも屈せず、初めて日本の正確な地図を作成した晩熟の男の生涯を描く歴史小説。

伊能忠敬の日本地図

渡辺一郎　41812-4

16年にわたって艱難辛苦のすえ日本全国を測量した成果の伊能図は、『大日本沿海輿地全図』として江戸幕府に献呈された。それからちょうど200年。伊能図を知るための最良の入門書。

大河への道

立川志の輔　41875-9

映画「大河への道」の原作本。立川志の輔の新作落語「大河への道」からの文庫書き下ろし。伊能忠敬亡きあとの測量隊が地図を幕府に上呈するまでを描く悲喜劇の感動作！

時代劇は死なず！　完全版

春日太一　41349-5

太秦の職人たちの技術と熱意、果敢な挑戦が「新選組血風録」「木枯し紋次郎」「座頭市」「必殺」ら数々の傑作を生んだ——多くの証言と秘話で綴る白熱の時代劇史。春日太一デビュー作、大幅増補・完全版。

完本　チャンバラ時代劇講座　1

橋本治　41940-4

原稿枚数1400枚に及ぶ渾身の大著が遂に文庫化！文学、メディア、芸能等の歴史を横断する、橋本治にしか書けないアクロバティックなチャンバラ映画論にして、優れた近代日本大衆史。第三講までを収録。

完本　チャンバラ時代劇講座　2

橋本治　41941-1

原稿枚数1400枚に及ぶ渾身の大著が遂に文庫化！文学、メディア、芸能等の歴史を横断する、橋本治にしか書けないアクロバティックなチャンバラ映画論にして、優れた近代日本大衆史。

羆撃ちのサムライ

井原忠政　41825-4

時は幕末。箱館戦争で敗れ、傷を負いつつも蝦夷の深い森へ逃げ延びた八郎太。だが、そこには——全てを失った男が、厳しい未開の大地で羆撃ちとなり、人として再生していく本格時代小説！

完全版 名君 保科正之

中村彰彦　41443-0

未曾有の災害で焦土と化した江戸を復興させた保科正之。彼が発揮した有事のリーダーシップ、滕元会津藩に遺した無私の精神、知足を旨とした暮し、武士の信念を、東日本大震災から五年の節目に振り返る。

わが植物愛の記

牧野富太郎　41901-5

ＮＨＫの朝の連続ドラマの主人公が予定されている、〈日本植物学の父〉のエッセイ集。自伝的要素の強いものと、植物愛に溢れる見事なエッセイを、入手困難書からまとめる。

草を褥に　小説牧野富太郎

大原富枝　41931-2

全財産を植物研究に捧げた希代の植物学者・牧野富太郎を支えるために妻・寿衛子は厳しい生活に耐え抜き、子どもを育てた。二人の書簡を多数引用して、これまで描かれなかった二人の素顔に迫る評伝風小説。

弾左衛門と車善七

塩見鮮一郎　41984-8

2008年刊の『弾左衛門とその時代』『江戸の非人頭車善七』を合わせて１冊に。江戸以前から明治維新までの被差別民支配の構造が、1冊でより明解に。今なお最高の入門書。弾左衛門年表を新たに付す。

異形にされた人たち

塩見鮮一郎　40943-6

差別・被差別問題に関心を持つとき、避けて通れない考察をここにそろえる。サンカ、弾左衛門から、別所、俘囚、東光寺まで。近代の目はかつて差別された人々を「異形の人」として、「再発見」する。

部落史入門

塩見鮮一郎　41430-0

被差別部落の誕生から歴史を解説した的確な入門書は以外に少ない。過去の歴史的な先駆文献も検証しながら、もっとも適任の著者がわかりやすくまとめる名著。

被差別部落とは何か

喜田貞吉　41685-4

民俗学・被差別部落研究の泰斗がまとめた『民族と歴史』２巻１号の「特殊部落研究号」の、新字新仮名による完全復刻の文庫化。部落史研究に欠かせない記念碑的著作。

山窩は生きている

三角寛　41306-8

独自な取材と警察を通じてサンカとの圧倒的な交渉をもっていた三角寛の、実体験と伝聞から構成された読み物。在りし日の彼ら彼女らの生態が名文でまざまざと甦る。失われた日本を求めて。

口語訳 遠野物語

柳田国男　佐藤誠輔〔訳〕　小田富英〔注釈〕 41305-1

発刊100年を経過し、いまなお語り継がれ読み続けられている不朽の名作『遠野物語』。柳田国男が言い伝えを採集し簡潔な文語でまとめた原文を、わかりやすく味わい深い現代口語文に。

日本迷信集

今野圓輔 41850-6

精霊送りに胡瓜が使われる理由、火の玉の正体、死を告げるカラスの謎……“黒い習俗”といわれる日本人のタブーに対して、民俗学者の視点からメスを入れた、日本の迷信集記録。

知れば恐ろしい 日本人の風習

千葉公慈 41453-9

日本人は何を恐れ、その恐怖といかに付き合ってきたのか?!　しきたりや年中行事、わらべ唄や昔話……風習に秘められたミステリーを解き明かしながら、日本人のメンタリティーを読み解く書。

日本の聖と賤 中世篇

野間宏／沖浦和光 41420-1

古代から中世に到る賤民の歴史を跡づけ、日本文化の地下伏流をなす被差別民の実像と文化の意味を、聖なるイメージ、天皇制との関わりの中で語りあう、両先達ならではの書。

知っておきたい　名字と家紋

武光誠 41782-0

鈴木は「すすき」？　佐藤・加藤・伊藤の系譜は同じ？……約29万種類もある日本の名字の発生と系譜、家紋の由来と種類、その系統ごとの広がりなど、ご先祖につながる名字と家紋の歴史が的確にわかる！

禁忌習俗事典

柳田国男 41804-9

「忌む」とはどういう感情か。ここに死穢と差別の根原がある。日本各地からタブーに関する不気味な言葉、恐ろしい言葉、不思議な言葉、奇妙な言葉を集め、解説した読める民俗事典。全集未収録。

葬送習俗事典

柳田国男　41823-0

『禁忌習俗事典』の姉妹篇となる１冊。埋葬地から帰るときはあとを振り返ってはいけない、死家と飲食の火を共有してはいけないなど、全国各地に伝わる風習を克明に網羅。全集未収録。葬儀関係者に必携。

画狂人北斎

瀬木慎一　41749-3

北斎生誕260年、映画化も。北斎の一生と画風の変遷を知る最良の一冊。古典的名著。謎の多い初期や、晩年の考察もていねいに。

史疑　徳川家康

榛葉英治　41921-3

徳川家康は、若い頃に別人の願人坊主がすり替わった、という説は根強い。その嚆矢となる説を初めて唱えたのが村岡素一郎で、その現代語訳が本著。2023ＮＨＫ大河ドラマ「どうする家康」を前に文庫化。

五代友厚

織田作之助　41433-1

ＮＨＫ朝の連ドラ「あさが来た」のヒロインの縁故者、薩摩藩の異色の開明派志士の生涯を描くオダサク異色の歴史小説。後年を描く「大阪の指導者」も収録する決定版。

貧民の帝都

塩見鮮一郎　41818-6

明治維新の変革の中も、市中に溢れる貧民を前に、政府はなす術もなかった。首都東京は一大暗黒スラム街でもあった。そこに、渋沢栄一が中心になり、東京養育院が創設される。貧民たちと養育院のその後は…

明治維新　偽りの革命

森田健司　41833-9

本当に明治維新は「希望」だったのか？　開明的とされる新政府軍は、実際には無法な行いで庶民から嫌われていた。当時の「風刺錦絵」や旧幕府軍の視点を通して、「正史」から消された真実を明らかにする！